Samdala
E OS PINCÉIS DE PICASSO

CB033432

Tiago de Melo Andrade

Sandala e os pincéis de Picasso

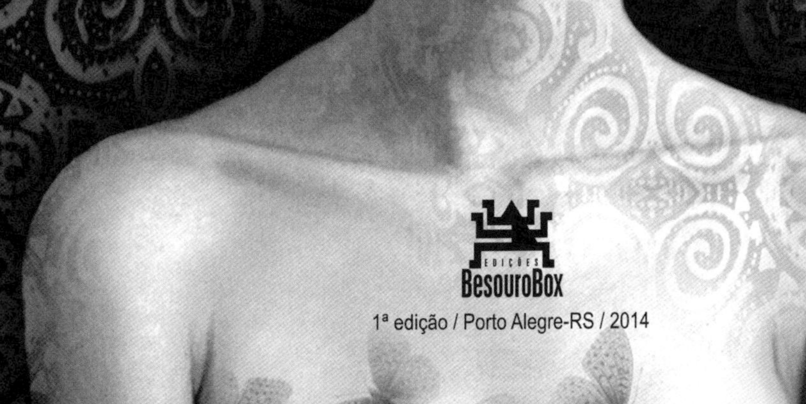

Edições BesouroBox

1ª edição / Porto Alegre-RS / 2014

Coordenação Editorial: Elaine Maritza da Silveira
Capa e projeto gráfico: Marco Cena
Revisão: Sandro Andretta
Produção editorial: Bruna Dali e Maitê Cena
Assessoramento gráfico: André Luis Alt

Dados Internacionais de Catalogação na Publicação (CIP)

A553s Andrade, Tiago de Melo
Sandala e os pincéis de Picasso / Tiago de Melo Andrade.
– Porto Alegre: BesouroBox, 2014.
184 p.; 16 x 23 cm

ISBN: 978-85-99275-90-0

1. Literatura brasileira. 2. Contos. I. Título.

CDU 821.134.3(81)-34

Bibliotecária responsável Kátia Rosi Possobon CRB10/1782

Rua Brito Peixoto, 224 - CEP: 91030-400
Passo D'Areia - Porto Alegre - RS
Fone: (51) 3337.5620
www.besourobox.com.br

Impresso no Brasil
Setembro de 2014

Sumário

Capítulo I

QUERIDOS PÔNEIS

ão é mentira afirmar que a municipalidade de Aruoca vivia dos pelos de seus milhares de pôneis. Uma coisa linda de se ver os cavalinhos malhados em muitos tons de castanho, preto e branco, pastando sobre verdejantes matos, à sombra da fábrica, cujo prédio humilhava em altura a torre da Igreja Matriz.

A indústria, os verdes extensos, os pôneis e as pessoas, em verdade vos digo, pertenciam todos aos Rubião, família mais nobre e rica da cidade. Donos da política, influentes com unha comprida de alcançar cargos altos nas alvas cuias dos deputados e senadores do palácio do Congresso Nacional... Até em terras de além-mar o tentáculo pegajoso da família chegava, grudando as ventosas na Europa, nessas coisas de bolsas, valores e dinheiros escondidos em rosados porquinhos suíços. O cochicho do povo era que a fortuna Rubião tinha algo de podre, uma raiz em tristes sucedidos, neste oco de mundo distanciado de Deus, da lei e da justiça.

Foi bem uns cem anos de Rubião mandando e desmandando. Era bem capaz de ir mais cem, contudo a descendência foi minguando nuns agouros de doença esquisita que levou, de um tapa só, geração inteira deles... As bocas pequenas voltavam a dizer, nos becos e escondidos, que aquela raiz obscura do dinheiro por certo era a causa da maldição derramada por cima da família, que em poucos anos definhou num sopro de morte. Por fim, todo esse poder, dinheiro e dinastia acabaram atolados nas dobras de Orvalina Rubião, única herdeira de tudo.

Orvalina era dona de uma beleza renascentista: roliça, farta de carnes e abdome redondinho em feitio de bola gigante de quermesse. Do pescoço, descia uma papada boa de acarinhar: macia e oca por dentro. Contudo, Orvalina não queria saber de carinho nenhum na papada, não! Era devota e solteira convicta.

Admirador daquela fartura e murunduns era o notário Vicentino Monteiro, muito interessado em sucumbir sua viuvez de dez anos nos cento e dez quilos da solteira. Era com flores saindo pelas mãos e perfume pingando pelas orelhas que o notário, todas as sextas-feiras, na brisa das dezenove e trinta, batia a campainha do palacete para tentar convencer Orvalina dos benefícios do casamento. Mas a mulher era osso duro de roer. Estava solteira por convicção e pretendentes nunca lhe faltaram, todos muito entusiasmados em entrar para o ramo industrial, já que os Rubião eram donos da única fábrica daqueles sertões. A todos, contudo, Orvalina disse um *não* tão redondo e grande quanto ela, de atropelar o pretendente.

Quanto mais prosperava a fábrica dos Rubião, em especial após a aparição de um tal Pablo Picasso, mais buquês coloridos trafegavam lépidos sobre os paralelepípedos que separavam a mansão em estilo vitoriano da Praça da Matriz. Orvalina, entretanto, seguia pisoteando as flores com seu delicado sapatinho de verniz quarenta e cinco.

Inabalável em sua intenção de manter as gravatas distantes de seu cabide e conservar a donzelice, em honra e homenagem às cinco chagas de Nosso Senhor Jesus Cristo, até empenou a cara de um certo Amador Cunha. Sujeito bem jovem, bem loiro, de olho bem azul e nariz bem empinado, vindo da municipalidade de Mato Dentro, onde criou fama por desenroscar dos terços, novenas e ladainhas uma solteirinha de cinquenta e cinco anos, contando aí só o tempo de confessionário e genuflexório. O povo creditou a proeza ao falar poético de Amador, que, de soneto em soneto, tirou da donzela o solteirismo, cem cabeças de gado e a poupança, antes de vir para Aruoca, atraído pelo bom baú da fortuna dos Rubião. Chegou metido, com bala na agulha:

– Flores, presentes. De nada disso careço para derreter essa solteira. Trago escondido em minha manga versinho especial de defenestrar encalhadas e tímidas. Uma preciosidade traduzida por mim mesmo do latim, o qual foi estudado em colégio de padres. Uma estrofe que vem amolengando corações desde a Roma Antiga – arrotava esnobe, na Barbearia Império, onde mandara o barbeiro Bilico Barbirato afinar as sobrancelhas, que são de muita utilidade na arte de recitar poesia.

Voltava Orvalina da missa domingueira, quando, por detrás de um poste, saltou Amador, já com o versinho mortal engatilhado na ponta da língua. Contudo, teve tempo apenas de disparar a primeira palavra, que logo teve que engolir de volta, empurrada que veio pela mão de bigorna do mulherão. Tão envenenado foi o tabefe, que Amador perdeu cinco centímetros e os cílios do olho direito. Lino Freitas, um senhor de bom senso, que parou o rodopio de Amador Cunha, ficou indignado com aquela agressão.

– A Senhora Dona Orvalina perdeu o juízo?! O homem nem bem lhe disse uma palavra e leva um coice deste tamanho! Que absurdo!

– Não seja tolo, Lino. Esse aí nem precisava falar nada! Homem de sobrancelha feita, boa intenção não tem! Comigo, falta de respeito já nasce morta!

Cunha, contudo, não saiu de mãos abanando. Mesmo capenga de um olho, arrebatou o bauzinho de Dora Catalunha, coisa de pequena monta: uma fazendinha de pouco gado e um parafuso da cabeça de Dora, que depois da desilusão amorosa ficou doida varrida.

Após Amador Cunha, apareceu um tal Circo de Berlim, que provocou uma devastação nos corações e pontes de safena da cidade. Tudo por conta de um mágico hipnotizador, chamado pelo nome artístico de Dr. Caligari. Um velhote corcunda de sobretudo, cartola e óculos de fundo de garrafa que, a bem da verdade, era um sem-vergonha sem freios. Usando de suas habilidades hipnóticas, roubava das mulheres o coração e delas fazia e desfazia, no território das finanças.

O cretinismo do doutor só encontrou parada no palacete dos Rubião, pois, por sorte, Orvalina tinha o miolo muito duro para ser amolecido por hipnose e essas coisas de mágica de circo. Além disso, a solteira tinha sono mui leve e, mesmo o pilantra pisando em ovos, passinho de gato, Orvalina acordou e viu o velhote, ao lado de sua cama, olhos vidrados, em pose de lançar seus poderes.

Sucedeu que o hipnotismo do vigarista não agiu conforme a rapidez do reflexo da donzelona. Num átimo, antes de poder recitar qualquer sortilégio, o velhaco levou um chute daninho pelo entre das pernas! A corcunda foi desempenada no ato! Sequer tempo de gemer teve, logo em seguida tomou um telefone, dois tapas pelo meio das orelhas, que estão zunindo até hoje. Orvalina não parou por aí, estava possessa. Era a primeira vez que um homem, que não seu falecido e honrado pai, amassava os tapetes persas de seu quarto! O doutor até ensaiou uma fuga, mas a solteirona laçou-o com seu rosário e grasnou furibunda:

– Não queria tanto entrar? Por que a pressa de sair? Tome um drinque! – vociferou, pegando um vidro de óleo de rícino que descansava com outros remédios, entre imagens de santos e anjos, sobre a cômoda.

Depois do laxante, ainda transitou pela goela de Caligari um vidro de acetona, cem gramas de pó de arroz e uma dezena do rosário de contas de madeira de Jerusalém.

O hipnotizador só não morreu ali mesmo porque veio gente acudir. Precisou de cinco homens para tirar os dedinhos de alicate de Orvalina do pescoço do hipnotista, que, liberto, desatou desabalada carreira, na qual levou apenas um dia para chegar à Argentina. E mesmo assim, em terra dos *hermanos*, não teve sossego, que a solteirona, usando de sua fortuna, pôs sua cabeça a prêmio. Mandou muitos jagunços e matadores em seu encalço. Mas Caligari hipnotizava a todos e os mandava de volta com ordem de bolinar Orvalina, o que, de fato, nunca aconteceu. Quando o hipnotizado se aproximava com aquele olho parado nas redondezas da solteira, já levava um soco pelo meio da cara e logo ficava com as faculdades mentais em dia.

E foi assim, com muitos murros e bofetões, que a moça construiu sua reputação de solteira inveterada. Quando o pai, Davi Rubião, morreu atingido por um inesperado raio, Orvalina ficou solta no mundo, desatada de todo laço sanguíneo, já que sua mãe a deixara ainda menina num acidente de avião, pelas bandas da Prússia Setentrional, onde estava para adquirir pelos de marta.

Restou sozinha, sem irmãos, tios ou primos; sem parente nenhum para aborrecer ou amar. Tinha por companhia apenas a secretária e os cães de estimação. Entrada e afundada em seus herdados de filha única, gozou sua fortuna sem ser incomodada por mais pretendente nenhum durante anos, que a surra do Caligari se espalhou em rastilho de pólvora por toda a região.

Ao menos foi assim até o notário enterrar a esposa. Não conformado com a vida de viúvo, decidiu tirar da prateleira a única mulher compatível, na cidade, com sua pessoa: Orvalina Rubião.

O que mais causava admiração era a persistência de Vicentino Monteiro, que, durante três anos, visitava semanalmente a rica senhora em seu colorido casarão espetado num jardim de lírios alaranjados. No primeiro ano, a cidade toda calçava os chinelos e parava para ver o notário Monteiro, aos tropeções, fugindo dos pastores-alemães especialmente adestrados para perseguir e destruir ramalhetes de flores e caixinhas de bombom. Mas o velhote era tenaz. Arfando, dizia aos quatro furos do botãozinho de seu paletó:

– O jeito vai ser fazer amizade com os cachorrinhos primeiro!

E foi a poder de muita salsichada que o notário amoleceu a bravura dos animais e conquistou as fronteiras do jardim dos Rubião, adentrando na varanda, onde, enfim, depois de um ano, conseguiu, pela primeira vez, enfiar seu dedo de galho de caju seco na campainha. Orvalina não teve como esconder sua cara de tacho ao abrir a porta e vislumbrar a figura de bacalhau de Monteiro saindo por entre as flores de um denso ramalhete sortido, com os cães de guarda, alegres sem quantia, cheirando e lambendo seus sapatos.

– Boa noite, Dona Orvalina! Como tem passado?

– Estive muito bem até agora – respondeu ríspida a solteirona, estalando os dedos, preparando um tapa no pé do ouvido do abusado, que punha em risco a fama de sua mão de uma tonelada. Contudo, deteve-se. Vicentino era esquálida criaturinha de cinquenta e cinco anos, magro de aparecer os ossos: uma figura cubista.

"Se solto a mão, é bem capaz de esparramar Monteiro pelo jardim inteiro", ponderou, analisando o pescocinho de frango amarrado com uma borboleta.

E, assim, com medo de se tornar assassina, com um tapinha ou um grito mais alto, Orvalina ia aturando as visitas do pele e osso. E até sentia frouxos de riso imaginando que belo par fariam: a azeitona e o palito.

"Vou cozinhando o magricela em banho-maria. Uma hora ele desiste..."

Estava enganada, por baixo daquela figura pontiaguda estava um osso duro de roer. Monteiro tinha paciência para dar e vender. Pelas paredes da repartição em que trabalhava, se via dependurada a coleção de quebra-cabeças de cinco mil minúsculas e irritantes pecinhas: o Taj Mahal, um campo de flores na Holanda, um castelo na Alemanha, uma pintura da Torre de Babel...

Assim, fiado no sábio dito *a paciência é a chave do paraíso*, prosseguiu Monteiro firme em seu propósito, imaginando o paraíso seu: Orvalina vestida de noiva, entrando na igreja de véu e grinalda, segurando um enorme buquê de rosas brancas, tão brancas e puras como ela.

Persistente, amassou bem uns dois anos as almofadas da sala de visitas do palacete, batendo de água mole na pedra dura de Rubião, sempre muito divertido e piadista. De riso em riso, foi, por fim, a fortaleza da donzela perdendo a resistência, e já até recebia o notário com chá cavaquinha e biscoitinhos de araruta. Ninguém percebera antes que ela gostava mais de piada do que de poesia.

Quando Orvalina apareceu de batom, na missa de domingo, a cidade inteira deu o braço a torcer: Monteiro estava em vias de encaçapar a solteira mais célebre daqueles sertões.

Capítulo 2

LIVROS NA PRAÇA

Dia de inverno. O céu era uma casca de ovo azul rachando sobre Aruoca. Leonardo levava uma vida de mochila nas costas, pondo os pés a explorar os caminhos de sua terra e do estrangeiro também. Criatura livre.

Chegou causando alvoroço na cidadezinha. Nas admiradas palavras da colegial Dorita Amadeu:

– Ai, meu Deus! Caiu um anjo em Aruoca!

Armou sua barraca na Praça da Matriz, pendurou um lampião por cima. Tomava banho com a mangueira do jardim. Fez da estátua do fundador varal de roupas, espalhou livros pelos bancos, cozinhava com o calor do sol numa panela côncava e jogava bola, descalço e sem camisa, com os meninos nas alamedas.

Leonardo fez mudar o caminho da escola e o caminho da padaria e da farmácia. De repente, onde quer que se fosse era caminho passar diante do acampamento do moço. Nem mesmo Orvalina escapou dessa curiosa órbita. Num domingo, na volta da missa, cortou caminho pela praça e, pendurada no braço de cabide do namorado Monteiro, passou pelo rapaz.

– Acho um absurdo esse acampamento. Não é o caso de cobrarmos uma atitude do delegado, querida?

Orvalina não ouviu absolutamente nada. Leonardo estava sentado num banco, os cabelos curtos um pouco bagunçados, um livro aberto deitado no colo e os olhos displicentemente dirigidos a Orvalina. Um tremorzinho percorreu o corpo dela. Pela primeira vez na vida, teve vontade de ser bonita, muito bonita. Arrependeu-se do vestido, de não ter colocado brincos e uma gota a mais de perfume. Logo em seguida, já não sabia de mais nada, como se todas as suas certezas tivessem avoado, apavoradas. Sentiu como se caísse num buraco escuro e profundo, até que Vicentino a trouxe de volta:

– Orvalina, está tudo bem?

– Sim... apenas uma leve dor de cabeça...

– Dizia que devemos falar com o delegado sobre esse rapaz...

– Claro, quem sabe ele não está precisando de alguma coisa?

– Hein?

– Tenho que ir para casa agora, Vicentino.

– E o sorvete?

Saiu apressada em direção ao palacete, arrastando Monteiro pelo braço. Ao chegar lá, deixou-o plantado do lado de fora, bem resumida ao fechar o portão:

– Dor de cabeça!

E Vicentino, ressabiado, para a orelha de seu botão da camisa:

– Primeira vez que ouço meu mulherão falar em dor de cabeça... Parece até que é feita de aço inox, nunca queixa dor nenhuma...

Orvalina nunca sentiu tanto medo na vida, nem quando seu pai morreu, a deixando só no mundo com os segredos e maldições da família. Subiu as escadas correndo e, diante do espelho, em silêncio, se contemplou: empurrou a papada com a ponta dos dedos, espichou a cara com as palmas das mãos. Com essa Orvalina não contava. Achava que era uma fortaleza, mas o cupido encontrou uma brecha na armadura e por ali espetou sua flecha envenenada: ui!

Ela, que até então era senhora de seu destino, estava refém de um moço completamente desconhecido. Naquela noite, não dormiu, preocupada com Leonardo, lá fora, cochilando no sereno. Teve vontade de prender os cachorros e convidá-lo a entrar e tomar uma xícara de chá... mas, no minuto seguinte, já se perguntava por que, afinal, estava tão aflita, e tentava recobrar a razão, dizendo para a Orvalina que morava dentro dela:

– É só um estranho, um andarilho que amanhã já sei foi... – esta ideia, em particular, a deixou apavorada, tomada de angústia: o moço bonito sumir. Orvalina suspirava diante da janela, se afogava sob as ondas de seus lençóis e balbuciava no vapor do chuveiro...

Dias depois, muita dor de cabeça seguida, a gravata borboleta de Vicentino Monteiro voejava nervosa pela delegacia:

– Doutor delegado, não é possível que a Praça da Matriz seja transformada num cortiço! Já está mais do que na hora daquele rapaz ser convidado a se retirar!

– Bem, senhor notário, estava com a intenção de fazer isso mesmo...

– Ora, vamos lá agora, então. Posso dar apoio, afinal também sou uma autoridade aqui.

– Acontece que Dona Orvalina Rubião interrompeu meu café da manhã em casa, ontem, pedindo para tratar bem do moço, oferecer a hospitalidade aruocuense.

– É?

– É. E Dona Orvalina não pede, manda. Que se estala os dedos, minha figura de delegado é despachada, transferida para os inexplorados amazônicos. Eu, se fosse o notário, procurava ajuda da afamada rezadeira Onofra... Sou vivido em casos de passionais e semelhantes... O olhar da Rubião não me engana: assim, soltando faísca torta. Certeza que o colega carece de ajuda extra dos anjos. A velha é apadrinhada deles, sabe além dos nossos sentidos, é vaticinada.

Na volta da delegacia, Vicentino reclamou para o vento o atrevimento do delegado de recomendar "uma coisa daquelas". Imagine, ele era inteligente, não carecia de estratagemas mágicos. Mas Monteiro cortou caminho pela praça e, desta feita, analisou mais profundamente o rival: tinha músculos cobrindo os ossos e, por cima deles, uns pelos dourados. Vicentino, que era revestido de pele amarrotada, engoliu em seco, fez o sinal da cruz sobre o peito e seguiu para casa de Onofra.

Colocou chapéu, óculos escuros, cambiou ruas mais vazias, fez caminho mais longo e prudente. Sete caveiras de bois chifrudos se enfileiravam na fachada colonial da casa da rezadeira. Bateu palmas leves, baixinho, o mais discreto que pôde. Apareceu uma moça lépida, metida num vestido de chita, e perguntou bem alto, da janela:

– É consulta com a Dona Onofra?

O Monteiro sofreu um engasgo, arroxeou de vergonha...

Um monte de cachorros apareceu latindo junto, e a moça gritava mais alto ainda, tentando sobrepor-se aos latidos:

– É consulta com a Dona Onofra?

– É! – respondeu gritando, aflito, meio sem saber o que fazer e onde enfiar a cara.

– Entra aí no portãozinho, ó...

Passou o mais rápido que pôde por um portão lateral, com os cachorros latindo atrás dele. Um corredor estreito de paredes de cal descascadas contornava a casa e ia desembocar num quintal de terra batida. O vestido de chita apareceu, mandando os cachorros calar. Eles obedeceram e saíram fungando.

A moça foi seguindo pelo quintal adentro, até que deram com uma velha sentada num tamborete, ao pé duma jabuticabeira carregada de bolas pretas. Pegava a fruta, jogava inteira dentro da boca e estourava num sonoro *ploc!* Depois cuspia o caroço no chão. Tinha muito caroço cuspido. A mulher devia estar naquele trabalho há muito tempo, e o notário teve alguma dificuldade de achar um cantinho sem caroço para poder chegar perto.

– Vou buscar um tamborete pro senhor – disse a moça.

Onofra era bem velha. O cabelo, de tão branco, amarelava, amarrado numa trança descaída sobre o ombro direito. Os olhos eram leitosos, opacos: duas bolas alvas como o avesso da jabuticaba. Era cega das coisas deste mundo, mas enxergava bem outros, até a sétima fronteira, as portas do Paraíso e do Inferno. Só pelo jeito do pisado do Monteiro, já adivinhou:

– Mal de amor. Que aflição, meu filho!

– Aqui, pro senhor sentar – voltou a moça, deixando o banco e saindo em seguida.

– Aquieta, aquieta! Quem sabe Onofra ajuda... Primeiro tem que ler o destino, porque se o destino não der uma chance para vocês, não há reza que dê jeito. Estende a mão pra Onofra ler!

Monteiro abriu, lento, os longos dedos, e a cega veio tateando o ar até tocar, trêmula, a planta de sua mão...

– Que mão macia. Serviço de papel, não é?

– Sim. Cartório...

– O senhor já teve um grande amor... uma moça suja de tinta...

– Minha primeira esposa.

– Morreu cedo, coração fraco. Mas o senhor tem coração forte, ainda há de bater muitos anos e guardar muitos amores. Mas grande amor, um só a cada vida. A mulher rica pode até ser sua, mas não é grande amor. Amor mais menor não dá tão bom apelo com os anjos... Além disso, ela carrega maldição, coisa muito triste, uma tragédia do passado que vai sempre rondar. Ainda assim quer?

– Sim, eu a amo e posso ajudar...

– Tá. Então vou te dar sementes de uva bentas que Santo Antônio chupou e me deu. Uma você coloca embaixo do colchão; outra, deixa num cantinho na igreja; e a terceira, faz ela comer.

– Só isso?

– Sim. Do resto os anjos cuidam.

Monteiro não acreditou em nada, mas levou as sementes embrulhadas num guardanapo de papel.

Capítulo 3

A copiadora CUBISTA

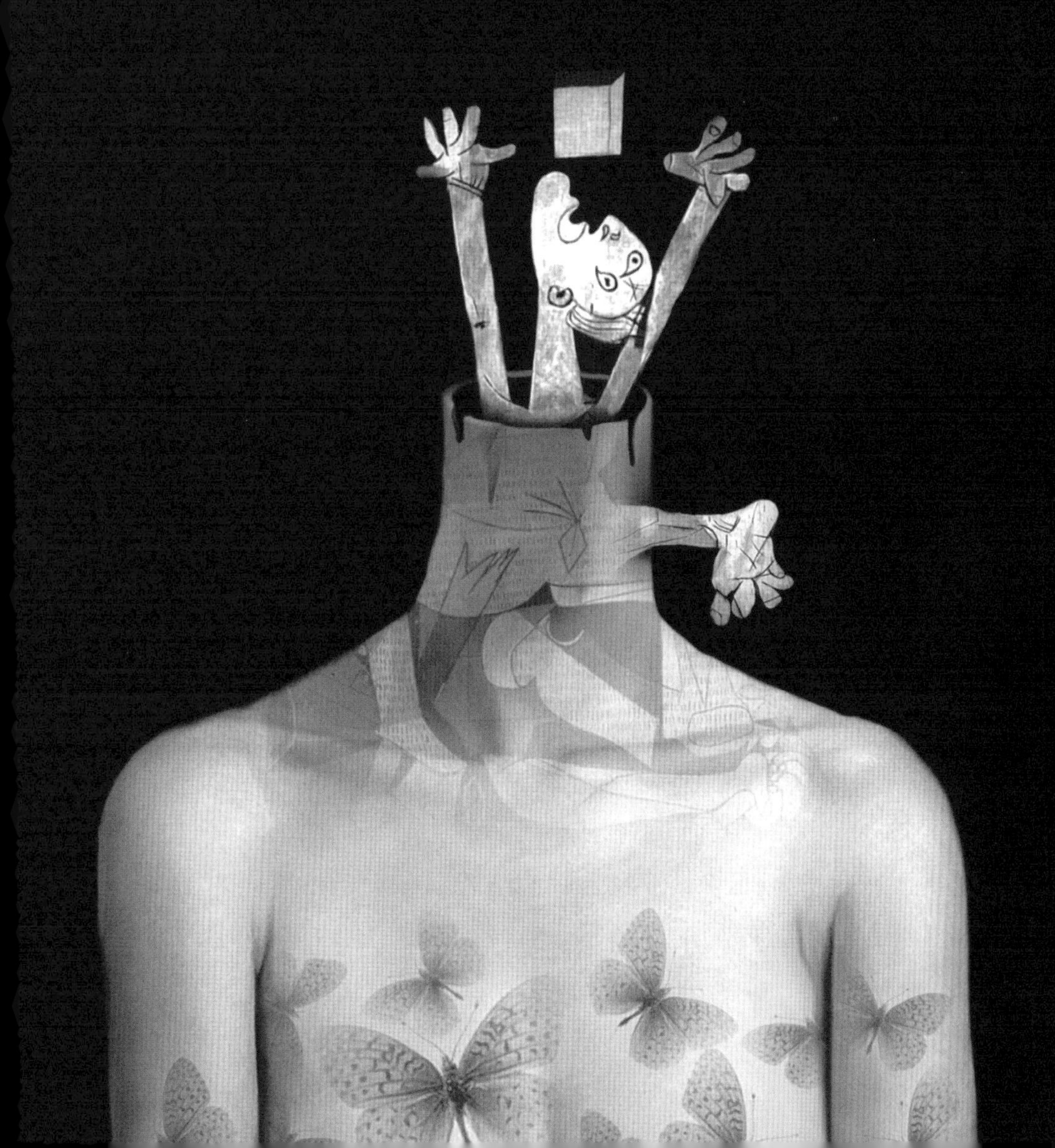

O notário Monteiro não se conformava com aquela situação. Nem mesmo tivera tempo de usar a semente de Santo Antônio. Rubião tomara chá de sumiço! Escafedera-se sem deixar vestígios.

Foi pelo caminho pensando como ia fazer Orvalina engolir a semente de uva: "Quem sabe se eu enfiar numa fatia de queijo, ou num bombom, num pedaço de bolo...". Mas em todas essas situações imaginava Orvalina sentindo a semente, a língua pressionando aquele corpo estranho contra o céu da boca, e depois cuspindo fora com nojo. Era como se cuspisse seu sentimento, não podia! Vicentino queria aquele amor, dentro, no centro, nas entranhas de Orvalina, sendo digerido, absorvido por ela... daí que teve uma ideia!

Chegou à mansão e, por sorte, Orvalina não estava. Subiu até o quarto e pegou um vidro com as cápsulas de vitaminas que o mulherão tomava todo santo dia, antes de ir para o trabalho, na fábrica. Abriu uma delas, esvaziou seu conteúdo na privada e colocou lá dentro a semente benta. Restavam apenas duas cápsulas, então, pelas contas do notário, em no máximo dois dias Orvalina estaria apaixonada. Saiu do quarto sem que ninguém o visse e foi esperar pela noiva na sala.

O céu se pintou de alaranjado e o sino da matriz bateu seis horas. Orvalina não apareceu; o notário tomou uma xícara de café e tentou comer um quebrador, sem esfarelar. A noite foi crescendo até virar moça e pôr a lua para fora. Orvalina não apareceu; o notário desamarrou a gravata, despenteou o cabelo e queimou a ponta da língua no chá de cidreira. As saracuras quebraram os potes anunciando a alvorada. Vicentino, num pasmo desesperado, ligou para o delegado; Orvalina Rubião estava desaparecida!

A pessoa ia comprar pão e voltava com aquela bomba para casa: a milionária escafedida. Não foi pouca gente que engasgou com o café naquela manhã. Orvalina e sua fábrica davam sustento a muita gente.

Em rodinhas nas esquinas, proliferavam teorias diversas:

– Tive caso na família de uma prima que, sem mais nem menos, teve um afrouxamento nas ideias. Foi no açougue comprar meio quilo de carne moída e, no caminho, mudou de intenção e decidiu ir, a pé mesmo, do jeito que estava, para o Rio de Janeiro, ser atriz de novela e teatro.

– Diz que, lá para as bandas de Varginha, um marceneiro foi pego pelos ETs. Estava voltando para casa depois do culto e *zap!* Foi sugado feito um inseto por um aspirador de pó.

Mas a teoria que mais prosperava era a do sequestro:

– Sou capaz de apostar meu dedo mínimo que o mulherão foi sequestrado. Quem sabe até por bandido especializado, desses da capital, treinado em encaixar o cidadão no porta-malas do carro sem fazer barulho – imaginava Teodorico das porcas.

– Mas existe porta-malas capaz de receber a afortunada pessoa de Orvalina? Só se for do rabecão... – emendou Eurípedes Bento, dono da funerária e que, a bem da verdade, vivia de encaixar as pessoas.

– Ela também não deveria ter deixado de andar com os seguranças. Não acredito que a morte de seu pai tenha aplacado a sede de vingança dos inimigos do Rubião. – ajuntou o engenheiro Tobias Abreu.

– Será? Quarenta anos depois? Não acho que foram eles.

– Com certeza, esse assunto acabou junto com Davi Rubião.

– De uma coisa eu sei: esses bandidinhos pega-galinha daqui jamais que iam dar sumiço na dona dos pincéis! Que é isso?! Eu mesmo já vi ela desmontar o Jotão padeiro com um tabefe no meio da cara, por conta dum assobio que ele deu depois que um vento de saci subiu a saia dela. Jotão saiu catando cavaco bem uns cem metros, antes de enterrar o nariz e a dentadura no canteiro de margaridas da velha Das Dores Almeida. Isso é coisa de bandido braçudo, malhado e estudado em penitenciária da capital, se é! Gente assim, meu amigo, encaixa dona Orvalina até em tubo de pasta de dente, quem dirá em porta-mala de carro.

– É... pode ser, mas não sei se são tão inteligentes assim. Imagine se é sequestro? Pra quem vão pedir resgate? Ela não é sozinha no mundo?

– Pois é... Aí, já não sei.

– Quem sabe o notário paga, uai?

– E o pobre vai ter cacife para acudir o resgate da Rubião? Vão querer milhões!

– Ele pode vender o quadro, oras...

– Daí eu já não concordo: o quadro é da cidade.

– E a cidade é da Orvalina. Se ela morre, o que será de nós? O que será da fábrica? Quando uma pessoa é podre de rica e não tem filhos, nem ninguém mais, para quem vai o dinheiro?

– E a indústria? E os empregos?

Fora das rodas e do bochicho na cidade, o notário, o que mais aproximado de parente a vítima tinha, tomava providências: afundava os dedos no cabelo e ligava de hora em hora para o delegado: alguma novidade?

Também queimava a mufa imaginando um sequestro, a noiva amordaçada, pés e mãos atados, aprisionada, vertendo lágrimas de aflição num quartinho escuro e mofado. Tinha feito conta na ponta do lápis, o quanto dava vendendo tudo que possuía. Já era a conta que o bandido, se fosse safo, devia ter feito, uma vez que só ao dedinho grosso de Orvalina era permitido futucar nos seus milhões.

Até que vendia tudo sem medo, que Orvalina não era mulher de ficar devendo a vida a ninguém e, mui grata, haveria de pagar tudo de volta, com juros e até casamento em bons lençóis. Contudo, não tinha certeza de que era mesmo um rapto e, à medida que os dias passavam, sem contatos ou pedidos de resgate, a ideia perdia força. Além disso, tinha sonhos estranhos com Orvalina, vestida em alvas roupas, caminhando num lugar paradisíaco...

– Terá Orvalina adentrado nas terras do Céu? Não, não pode ser! – perguntava, diante do espelho, aos seus olhos fundos e roxos.

Apesar de resistir, crescia em seu íntimo a ideia da morte. Aquilo o fazia estremecer, ao mesmo tempo em que lhe trazia algum conforto a imagem da noiva no Paraíso, cercada de mimos, com anjos tocando harpa e abanando o calor.

Morta ou viva, uma coisa era certa: na dúvida não ia ficar e, convencido de que se tratava de mistério mui cabeludo para a tesourinha inexperiente em crimes da comarca de Aruoca desbastar, chamou, na capital, reforço de afamado investigador particular: Chico Raydan. Mas, antes mesmo que o tal detetive conseguisse chegar naquela lonjura, outro crime sucedeu, espalhando terror e pânico pela região. A nova vítima era uma jovem por nome Roberta, conhecida de todos por Beta. Fora encontrada morta em sua casa. Essa, sem sombra de dúvida: assassinada.

A moça era muito querida na cidade, principalmente por seu dom especial com as palavras. Além de trabalhar na fábrica de pincéis dos Rubião, como secretária pessoal de Orvalina, também prestava serviços de *ghost-writer* a namorados, amantes e políticos que não conseguiam passar pela ponta estreita da caneta seus enormes sentimentos. Redigia também os anúncios publicitários, as bulas de remédio do Boticário Venâncio, além das notas do obituário do jornal *22 de Agosto*, o *22*.

Por meio das centenas de cartas e poemas que vendeu, casamentos foram feitos e desfeitos, e muitas eleições foram ganhas em âmbito municipal, estadual e até mesmo federal, na pessoa do Senador Jurapácio de Freitas Quintão.

– Na toada em que vou, logo logo meus rabiscos elegem um presidente! – gostava de se gabar.

Só trabalhava mais intensamente nesse ramo de discursos à época dos sufrágios universais. Os danados dos políticos, depois de devidamente empossados e atarraxados em seus gabinetes, não perdiam mais tempo com discursos e muito se dedicavam a mamar nas robustas tetas da Coisa Pública, que é trabalho duro e requer muito aprendizado e malícia. A maior parte do tempo, ficava mesmo a escritora por conta de molhar a pena nas coisas de amor e paixão. Prova é que, até mesmo as piadas expelidas pelo notário Monteiro contra a pessoa de Orvalina, nas sextas-feiras, eram obra sua.

Socorro de amores e de paixões, a morte da autora abalou o ânimo dos aruocuences. Juntou-se a isso a notícia de que havia um assassino em série à solta, fugido da cadeia de Mato Corrido, o Mané Bate-Bife, que tinha por hábito matar as vítimas com um martelinho, igual a esses de amaciar carne. Logo, o povo ligou A + B e debitou na conta do Bate-Bife mais essas duas vítimas: Orvalina e Beta. Aruoca foi tomada pelo medo.

– Disseram os policiais que é moreno, de meia-idade, alto, parrudo, braços fortes. Gosta de cultivar um cavanhaque ralo... mas há um detalhe principal que não deixa dúvida: tem uma cicatriz, em forma de A, no lado direto do rosto – tratou de esparramar logo, o delegado, a descrição do Bate-bife pela cidade, e instruiu que todos os forasteiros teriam que ser vigiados, dali em diante, pelos cidadãos, e, depois das 21h, não aconselhava ninguém mais a sair de casa, pois era por essas horas que o meliante costumava atacar.

– O danado do psicopata trabalha assim: vem na surdina, se aproveita da escuridão, pisando sombra, almofadinha de felino nos pés. Vem por detrás, a maioria das vezes, então dá com o martelinho na cabeça, num ponto estratégico, que racha o crânio do cidadão igual uma casca de ovo. Aí, rouba a carteira e o relógio, essas coisas... Mas outras, nem isso... é só pelo prazer de rachar o coco da pessoa mesmo, de ouvir o estalo.

– Credo!

Além da tensão pela presença do assassino, ainda penava muito Aruoca pelas mortes de Beta e Orvalina. No caso de Beta, desnorteados sem saber como iam pôr os sentimentos para fora, dali para adiante. Ela era aquele tipo de pessoa que sempre tinha uma palavra na ponta da língua para completar uma frase, quando o vocabulário do cidadão minguava, bem no instante de ejetar o mais importante sentimento. Além disso, tinha a cidade esperança de que a moça conseguisse deixar de ser uma escritora-fantasma, alcançando sucesso próprio com algum de seus escritos: romances, contos e poesia. Então, Beta Ribas ganharia o mundo e levaria consigo o nome de Aruoca para a glória das Letras, como o fez Aurora Monteiro, no ramo quinoso da pintura cubista. Já a morte de Orvalina escurecia o futuro da cidade de maneira terrível. Ninguém, ninguém tinha ideia do que iria acontecer com a fábrica que nutria, de forma vital, a economia da região.

Era mais um dia de sol forte, quando o detetive chegou. O fusca veio colorido, roncando, roncando, subindo o morro, e deu três tiros de escapamento, antes de estacionar na sombra do jenipapo dos Vieras, que, a propósito, era sombra muito boa para ler um bom livro ou tirar uma pestana sem pesadelo, um cochilo doce, acalantado pelo cheiro dos jenipapos. Menina Liliana Carqueja estava balançando na rede do alpendre, quando ouviu os tiros, deu um pulo de susto e sentiu um dilurimento. Estava tão assustada com o *piscopata,* como dizia, que achou que fosse um tiroteio.

– Que *fuca* dos infernos! – esconjurou.

Saltou dele um homem que vinha apoiado em enormes óculos escuros espelhados. Em Aruoca, óculos escuros eram coisa de causar desconfiança; espelhados, então, foi um alvoroço.

– A menina sabe onde posso encontrar Vicentino Monteiro?

A criança secundou bem do fundo da rede:

– O senhor veio para matar o notário? É o Bate-Bife?

– Bate-Bife? Não. Para que eu ia querer matar o notário?

– Então, para quê esses óculos tão grandes?

– Menina, esses óculos são do tamanho do sol de Aruoca.

Liliana saltou da rede ainda cabreira e levou os espelhos até a casa do notário, sob olhares medrosos, escorrendo pelas venezianas das casas. Ao escutar a campainha, Monteiro abriu o postigo e levou um susto ao ver a própria cara de cachorro magro refletida no espelho azul-metálico.

– Boa tarde, sou Chico Raydan... – disse, retirando os óculos e revelando dois olhos negros e brilhantes.

– Senhor Detetive Raydan! Satisfação em vê-lo! Entre! Entre! Sinta-se à vontade! – disse, abrindo a porta animadamente, revelando uma enorme sala, cujas paredes estavam forradas de quadros, do rodapé ao teto.

– Aruoca é mais longe do que os mapas contam... Levei um dia a mais para chegar. Se não fosse meu fusca turbinado, não chegava não.

– Aqui é o fim do mundo, meu filho! O fim do mundo e, agora, o fim da picada! Temos um criminoso à solta, sequestrador e assassino, não sei. Espero que possa ajudar a esclarecer. Enquanto o senhor descia a serra, o bandido entrou em ação outra vez e fez uma vítima fatal.

– Assassinato, sequestro... Muitas coisas acontecendo por aqui, não? – respondeu o detetive, guardando os óculos no bolso da camisa, enquanto olhava uma das pinturas na parede.

– Liliana, obrigado por acompanhar o moço. Agora pode ir. Avise em casa que o investigador particular chegou. Seu pai sabe do que se trata – pediu o notário, levando a menina apressadamente para fora, em seguida fechando a porta e passando a tranca.

– Belos quadros...

– Sim, subitamente, muitas coisas! Imagine... para mais de quarenta anos não tínhamos um crime parecido e, de repente, dois assassinatos... ainda mais do Bate-bife.

– Bate-bife? A menina também falou sobre isso...

– Mané Bate-bife, um assassino em série que escapou de uma penitenciária próxima daqui e mata as pessoas com um martelo, desses de cozinha. Não é dessas paragens, mas...

– Quantos mortos?

– Certeza, apenas uma: a Beta, secretária de minha noiva. E minha noiva, cujo desaparecimento o senhor veio investigar. Não sei se está morta. O problema é que o povo já dá Orvalina e Beta como mortas pelo Bate-Bife.

– Temos que ter cuidado e analisar tudo, abrindo várias linhas de investigação.

– A polícia também acredita que foi a mesma pessoa... afinal, patroa e secretária...

– Para a polícia é mais fácil achar um criminoso do que dois. Alguém pode ter se aproveitado da situação, quem sabe...

– Entendo o que quer dizer. Eu tenho para mim um suspeito: isso tudo aconteceu depois que chegou aqui o tal de Leonardo, um andarilho que vive na praça.

– Calma, senhor Monteiro, vou investigar tudo. Fique tranquilo, vamos encontrar sua noiva o mais depressa possível!

– Nós, aqui, estamos apavorados. Aruoca sempre foi um lugar pacato, sem notícia de sangue e maldade. Crime, só ladroagem pequena, coisa de galinha e goiaba.

– Quantos quadros! O senhor que os pinta?

– Não. São de autoria de minha falecida esposa. Ela era uma excelente copista. Tudo o que você vê são reproduções de obras de grandes artistas. Ela adorava remedar, principalmente os cubistas. Veja aquele ali em cima, é um Georges Braque, à esquerda, Juan Gris, Fernand Léger e Diego Rivera. Este, à sua direita, é de nossa Tarsila do Amaral, e temos também Anita Malfatti.

– E Picasso? Quando se fala em cubismo, é o primeiro nome que vem à mente.

– Todos os outros são reproduções de Picasso, em suas várias fases. Mas aquele protegido pela redoma de vidro é um Picasso de mão própria, verdadeiro!

– Nossa! Mesmo? Deve valer milhões!

– Sim, vale. Tem uns gringos no meu pé, querendo comprar. Vêm de helicóptero e ficam voejando como moscas. Me mostram malas de dinheiro. Mas nunca pensei em vendê-lo. O lugar desse quadro é Aruoca, pois Picasso o pintou quando esteve aqui. É patrimônio histórico da cidade, eu penso assim.

– Picasso esteve aqui?!

– Esteve, há muitos anos...

***

Aurora Monteiro era uma copista genial. Adquiriu fama internacional depois que um *marchand* picareta vendeu, em terras da Europa, um quadro seu como sendo um Picasso genuíno. A tela circulou por várias galerias de arte, até que trombou com a original. Contudo, ninguém soube esclarecer qual era a verdadeira, nem mesmo os olhos mais peritos e estudados em coisas de rabiscos e manchados.

O caso foi parar nos jornais, e o próprio Pablo Picasso foi chamado para identificar qual era a tela genuína. Mas, para espanto geral, o artista não sabia dizer nada, a não ser que só havia pintado um dos quadros, mas não podia indicar qual. Foi um rebu geral no mundo dos pincéis. A solução só veio com análises químicas comparando amostras das tintas dos quadros com amostras das gotas de tinta, da mesma cor, respingadas no cavalete de Pablo, identificando a obra verdadeira.

Anos mais tarde, alguém descobriu, ao usar a modernidade de um raio X, que, no quadro falso, por baixo da assinatura falsa de Picasso, estava escrito com letrinhas bem redondinhas e honestas: *cópia feita por Aurora Monteiro*. Por isso Picasso chegou a Aruoca, no vento das flores de maio, pintou um quadro e foi embora. Queria conhecer a mulher que pintava exatamente como ele.

A notícia da chegada do grande artista deixou a cidadezinha em polvorosa. Teve gente achando que precisava tomar vacina, outros passando repelente e alguns, mais pessimistas e apavorados, até arrumaram as malas para fugir. Tudo por causa do boato de que o Picasso estava chegando. Aruoca é lugar de gente muito simples e desinformada desses nomes do estrangeiro. Só depois que o prefeito veio a público e explicou, afinal, do que se tratava Picasso, o populacho sossegou e até ficou orgulhoso da visita do célebre pintor.

– Com esse nome, eu estava achando que o assunto era mais grave... É só um homem com um pincel! – comentou, aliviado, o coveiro Fumanchu, que já havia escondido e protegido a família do Picasso na cripta subterrânea dos Guimarães.

– Uai! Não é uma espécie de inseto pestilento? Já não bastava a dengue, agora vem esse Picasso?

– Então, não é coisa dos comunistas? – ajuntou o Coronel Bento, reformado do exército e árduo defensor do retorno da ditadura.

– Com essa mania de vacina que o governo tem, achei que era uma nova campanha. Mas é um homem que pinta uns quadros, umas caretas, não é?

– Como alguém pode ver beleza numa coisa dessas?

– É coisa bem fácil de fazer. Você pega uma foto sua e dobra em quatro partes; ao fim, se tem um retrato cubista.

Um carro conversível prateado entrou pela rua principal, as crianças vieram correndo atrás, batendo lata e girando sombrinhas de frevo. Tinha alecrim e lírio amarrado nos postes, com fita de cetim colorida, além de uma faixa bem grande, estendida no meio da praça, na qual se lia, na zelosa caligrafia da professora Alda Martins: *Bem-vindo a Aruoca, Senhor Pablo Picasso!*

No carro, vinham dois homens: um velho careca de orelhas muito grandes, metido numa roupa feita de pano fino e pouca costura, e um moço aparamentado, de terno bem cortado e pescoço na gravata. Era alto e tinha os olhos na cor do céu de inverno de Aruoca: azul, azul de afundar nele... Pela testa, escorria liso, liso, um cabelo loiro que cintilava como ouro sob o sol a pino. A pele fina era branca, igual leite, manchada aqui e ali com uma ferrugem vermelha. Ninguém daqueles confins do sertão nunca tinha visto uma loirice assim tão aguda. Só na TV, por volta das vinte horas. Ficaram encantados.

Foi um corre-corre de gente querendo ajudar o homem a sair do carro, estende mão, lava-pés, salamaleques, tapinhas nas costas... E assim, de cumprimento em cumprimento, embolado nesse cordão de puxa-sacos, foi o galego levado para o coreto, onde sua ariana figura foi instalada, ao som da Banda Municipal 1º de Abril, que tocava animada, em honra e homenagem ao célebre artista.

Rompendo a multidão, surgiu a entusiasmada corporatura do prefeito Tibiriçá Cerqueira, entregando a chave da cidade ao visitante, ao mesmo tempo em que soltava eloquente discurso pelos colarinhos, elogiando os riscados e pinceladas do famoso pintor, dizendo da sua genialidade artística e do orgulho que Aruoca sentia por tê-lo na cidade. E foi aí, nesse ponto e nessa vírgula, que interrompeu o discurso Aurora Monteiro, única pessoa em todo fim de mundo que conhecia as fuças de Pablo, de tanto vê-las em fotos de revistinhas e catálogos de artistas:

– Mas este não é Picasso!

Todos se calaram e fez-se um silêncio profundo de surpresa.

– Sou apenas o motorista. O senhor Pablo está no carro – conseguiu finalmente falar o moço loiro.

Surgiu então a longa testa de Pablo, adentrando o coreto, visivelmente irritado, arfando e arrastando as pesadas malas. Foi assim que o chofer Luís de Bragança, natural da cidade de Pelotas, ganhou, por engano, as chaves da cidade de Aruoca e não quis devolver.

Uma grande exposição foi organizada na Câmara Municipal com os quadros que Aurora pintara. Lá, Picasso ficou abismado com a semelhança das obras reproduzidas. Não cansava de admirá-las, aproximando a batata de seu nariz dos traços imitativos da Monteiro. Se Aruoca não seria mais a mesma depois da visita de Pablo, também Pablo não seria mais o mesmo depois de Aruoca.

Os Rubião mandaram confeccionar para o artista um pincel especial: paramentado com cabo de marfim, virola de ouro e penugem macia e fina, como nunca se vira antes. O artista recebeu das mãos da própria Orvalina, ainda meninota, o presente que vinha

acondicionado numa caixinha de madeira marchetada de prata e forrada de veludo azul, confeccionado com o melhor dos pelos para meter em tinta, um segredo que os Rubião guardavam num trancado de sete chaves.

O pintor deslizou suavemente os pelos sobre a pele de seu rosto, sentindo a leveza e a maciez extraordinárias do pincel. Chegou a ficar arrepiado. Intrigado, Picasso perguntou se era aquele tipo de pincel que Aurora utilizava para pintar suas telas, imaginando ser o instrumento de alta qualidade e precisão o motivo da fidelidade das cópias da Monteiro. Mas não era... aquela era a última novidade da fábrica, feita especialmente para Pablo.

Num impulso, louco para experimentar o presente, utilizando-se da tinta de um tinteiro de prata que jazia sobre a mesa das presenças, pintou nas costas da camisa de linho do notário uma mulher deitada num divã, como defendia Aurora. Outros, contudo, acreditavam que eram dois cocos numa bacia, e havia gente ainda que via nas pinceladas o retrato do carteiro Diogo Caolho, tomando banho de cócoras, num tacho de cobre. Fosse como fosse, a camisa do notário foi emoldurada, e Picasso voltou para casa, nas suas palavras, com o melhor pincel que já teve em suas mãos.

O investigador Francisco Raydan ficou bastante interessado na história da visita de Picasso e muito anotou em seu bloquinho, mexendo as sobrancelhas e molhando, de vez em quando, a ponta do lápis na língua. Entretanto, a história fora interrompida à altura da pintura na camisa, com a chegada de Aragão Carqueja, o dono do barraco alugado pela escritora Beta, onde ela fora encontrada morta.

– Pode ir logo examinar a edícula? Não vejo a hora de dar um jeito naquilo lá. O notário não me deixou nem limpar o sangue. As moscas estão voando.

– Calma, Aragão! Hoje mesmo você passa o esfregão, depois que o investigador fizer seu trabalho – respondeu Vicentino, colocando o chapéu. – Depois continuamos com Picasso, detetive Raydan.

Verdade era que Aragão Carqueja estava muito insatisfeito com tudo aquilo. Era um homem de poucas letras, quase nenhum estudo e muito desinteressado dessas coisas de livros e literaturas. Nunca teve curiosidade de abrir um livro. Homem da roça, só entendia lavor de enxada e cela, o suor escorrendo pela cara, grudando nas axilas, que apreciava cheirar escondido depois de um longo dia. Tirando o trabalho das mãos, da bruteza, dos músculos, o resto para ele não tinha importância e serventia nenhuma. Detestava a fábrica, os pincéis e os quadros; simplesmente não entendia:

– Para que o mundo carece de pintura, se Deus já fez tudo tão bonito?

Isso quando a pintura não era abstrata, que aí, nesse caso, ou ele se mijava de rir, ou, quando se sentia muito afrontado pelos manchados e rabiscos, tinha vontade de dar uma surra no artista, para ele aprender a desenhar.

Justo esse homem, tão afastado das artes, tornou-se herdeiro involuntário da maior biblioteca daqueles ermos. Ao longo de sua curta existência, a compulsiva Beta havia ajuntado milhares de livros em sua pequena moradia, nos fundos da casa de Aragão. Como a vítima era filha única, órfã, solteira e sem parente nenhum no mundo, terminaram nas mãos do senhorio todos os livros que ela lera e, principalmente, os que escrevera.

– Não sei o que vou fazer com todo esse lixo. A moça não tinha parentes... – resmungou Carqueja, abrindo a porta e revelando impressionante cenário. Todas as paredes do lugar, do rodapé ao teto, estavam forradas de livros. Sobre o sofá, estavam outros abertos, páginas marcadas, e pilhas de livros se amontoavam, aqui e ali, pelo chão, deixando pouco espaço para andar.

– Fique à vontade para investigar, Raydan – disse o notário, do lado de fora da edícula, juntamente com Aragão, uma vez que era impossível três pessoas ficarem dentro da casa tomada de livros.

Na sala, o detetive tomou uma das trilhas e, passando por pilhas de livros que, às vezes, chegavam a alcançar o teto, foi sair na cozinha, onde mais volumes o aguardavam, espalhados sobre a mesa, jogados sobre as cadeiras, guardados dentro do forno, enfileirados sobre a pia. Dentro dos armários, dividindo espaço com poucos pratos e copos, mais títulos. Até na geladeira havia uma resma de livros velhos de capa bem grossa, ao lado de verduras murchas e de uma vasilha com carne moída e farofa de azeitonas.

– Até na geladeira ela guardava livros! – exclamou Raydan para os companheiros que esperavam do lado de fora.

– São livros raros. Ela dizia que tinham que permanecer climatizados para não apodrecerem. Esses devem valer alguma coisa, não é? – gritou o senhorio, preocupado com o aluguel vencido.

Apesar da aparente bagunça, Chico não demorou a perceber a ordem por trás do caos. Tudo era muito limpo, e os livros estavam separados por gêneros literários, em ordem alfabética, uma espécie de biblioteca, sem estantes, com os volumes colocados uns sobre os outros em enormes colunas. Seguindo por outro caminho na selva literária, foi dar com seu bloquinho de notas no quarto da vítima.

Uma mancha enegrecida de sangue dormia sobre o lençol alvo, e a janela balançava, ao sabor do vento morno, com a tramela partida. Ali, os livros, diferentemente dos outros cômodos, estavam bagunçados, caídos aleatoriamente no chão. Ao que tudo indicava, houve briga entre assassino e vítima. Examinando com cuidado a cena do crime, encontrou uma versão capa dura de *Ulisses* e um punhado de cabelos longos grudados em sangue seco, na lombada, material que o detetive recolheu com uma pinça e acondicionou, com cuidado, numa caixinha de chiclete que trazia no bolso.

Havia também, no quarto, uma escrivaninha e duas cadeiras com encosto forrado de veludo vermelho, que Beta usava para receber os clientes que contratavam seus serviços de *ghost-writer*. Ali, em suas gavetas, dormiam, encantados, os manuscritos de dois livros que a vítima havia criado e uma caderneta com escritos diversos, em que a morta fazia anotações e pequenos relatos. Raydan logo se interessou, poderia conter pistas importantes. Pediu ao senhorio para levar a caderneta consigo.

– O senhor pode levar todos os livros daqui se quiser, doutor! Não vejo a hora de esvaziar o barraco para poder alugar outra vez.

A tardinha vinha, e os passarinhos já se debatiam nas copas das árvores, farfalhando as penas e estalando os bicos para receberem, em seus poleiros, as estrelas. O notário, percebendo que não havia mais nada a fazer ali, chamou Chico:

– Agora é melhor ir para casa e comer o frango com quiabo que mandei a empregada preparar especialmente para o senhor, detetive. Aposto que vai pensar melhor com esse conforto no estômago.

Capítulo 4

CADA PINCEL NO SEU CANECO

Na hora do jantar, atrás de uma coxa de frango reluzindo em açafrão, o notário, instigado por Chico, continuou a contar sobre a estadia do grande artista Pablo Picasso em Aruoca. Disse que, depois da exposição, foi oferecido um grande banquete, no Palacete Rubião, em sua homenagem. Lá, na cabeceira da mesa, soberboso, defronte a um leitão à pururuca, Pablo falou do dia de seu nascimento, uma história que gostava sempre de contar, embebida em álcool. Lá pelos idos de 1881, em Málaga, Andaluzia, depois de um parto difícil, a parteira embrulhou nos panos uma criança, que teria nascido morta, e foi acudir a mãe, também em vias de perder a vida.

O pobre bebê morto era Picasso. Sua mãe, mesmo em estado tão grave, rogou em seu leito pelo socorro da lista de santos de seu costume. Nesse momento, chegou à casa o médico Don Salvador, que, notando no corpinho inerte algum indício de vida, soprou nas fuças do pequeno Picasso uma baforada de seu fétido charutão. A fumaça fez com que o recém-nascido começasse a chorar, enchendo de ar os pulmões até ali preguiçosos de trabalhar.

Então, em gratidão aos santos que a alminha do limbo resgataram, por meio da baforada milagrosa, deu a mãe, ao filho, o nome de todos eles. E foi assim que nasceu o artista de maior nome do século XX: Pablo Diego José Francisco de Paula Juan Nepomuceno María de los Remédios Cipriano de La Santíssima Trindad Ruiz e Picasso.

Contou também que, quando foi morar na França, pela primeira vez, teve que queimar muitos de seus desenhos para aquecer o quarto, nas noites gélidas, famintas e solitárias *Sous le Ciel de Paris*. Mas, logo em seguida, arrotou a vantagem de que, naqueles dias atuais, pagava as contas dos restaurantes mais caros em que ia com cachos de amigos, fazendo um simples desenho no guardanapo.

E assim, falando muito de si mesmo, entre uma história e outra, o pintor destroçou um leitão e uma galinha ao molho pardo, guarnecidos de bastante farofa, fubá suado e feijão tropeiro, tudo encharcado na afamada água ardente *Vai na Frente!*

Depois, já adentrando no reino das compotas, deslizou, pela calda de um doce de laranja da terra, a confissão de que, no início de sua carreira, nos tempos de Madri, assim como Aurora Monteiro, gostava de copiar os grandes mestres, treinando e conhecendo vários estilos. Mas era só para estudar e a reboque. Espetado num palito de dentes, cuspiu aquele conselho na Monteiro:

– Aurora, acredito que você deveria molhar seus pincéis em suas próprias ideias, tornando-se uma artista de verdade e não apenas uma reles copista. Copiar é medíocre – disse, sem conseguir dissimular a raiva que, na verdade, sentia ao ver quadros seus tão fielmente reproduzidos, respingando tinta barata em sua genialidade.

Pança cheia e soltando cachaça pelos cotovelos, Picasso não quis pouso, recusou a hospitalidade de Aruoca e foi embora chispando, abrindo caminho no breu da noite, com o carro prateado. O combinado era que passaria na cidade três dias inteiros, não passou um sequer. Alguns dizem que foi porque não suportava olhar para Aurora Monteiro, uma mulher simples que, metida naquele oco de mundo, longe da Europa, de Paris e dos mestres, pintava, tão bem quanto ele, seus próprios quadros. Outros acreditam que ficou ofendido com o piparote que adquiriu pela careca, depois que escapuliu um gracejo contra Orvalina, criança nessa época, porém não menos indomável.

Um mês depois de sua partida, chegou aquele telegrama, do próprio Pablo, pedindo que fossem enviados a ele mais dez daqueles excelentes pincéis, que deram novo fôlego a suas criações. Pedido que não foi muito fácil para a família Rubião atender, devido à raridade dos pelos empregados na confecção deles. Havia grande segredo em torno deles, e sua origem muito se especulava nas rodas de botequins:

– Eu acho que deve ser algum pelo ilegal, protegido por lei, de bicho ameaçado de extinção: onça, jaguatirica ou veado campeiro, daí o segredo – suspeitava Aragão.

– Que nada! Tenho comigo que é pelo de gente. Pode ser pelo de sovaco ou do púbis, um pelo da vergonha, isso sim! Daí o mistério. Ninguém quer contar quem vende os pentelhos – imaginou Ivonilda, com autoridade de principal e única depiladora de Aruoca.

– Mas esse pelo aí é duro, oras.

Mil e uma teorias proliferavam sobre os pelos dos pincéis, mas uma ganhava força com o tempo. Algumas pessoas diziam que os pincéis especiais surgiram depois da visita dos ciganos e que eles, sim, eram os reais fornecedores de pelos para os Rubião. Pouca gente sabia o que na verdade se passara entre os ciganos e Davi Rubião. Fosse como fosse, os novos pincéis trouxeram fama e fortuna para a cidade. A fábrica ampliou em tamanho e empregos e se tornou uma das mais importantes do mundo.

Ao fim do jantar, Monteiro e Raydan foram obrigados a permanecer em casa, devido ao toque de recolher imposto pelo Bate-bife, que, na imaginação do delegado, estava à espreita, nas ruas, com seu martelinho certeiro.

Durante o tempo de investigação, Raydan ficaria hospedado na casa do notário, instalado no quarto de hóspedes, que parecia um circo, com as paredes cobertas de palhaços, malabaristas, trapezistas e outros saltimbancos da fase rosa picássica. No outro dia, bem cedo, iria até a mansão Rubião para investigar e tentar encontrar pistas do paradeiro de Orvalina.

Mesmo à noite, Aruoca era quente. As paredes bafejavam contra as pessoas o calor que absorviam durante o dia. Um ventilador de teto, com pás de telinha, provocava uma espécie de redemoinho de ar morno, que sugava o sono e os sonhos do detetive. Raydan, que provinha da macota cidade de São Paulo, mais fria e molhada que Aruoca, não conseguia ficar deitado na cama, o lençol parecia queimar. Então, apanhando uma baqueta debaixo da penteadeira, sentou à beira da janela, buscando alguma brisa, e se pôs a ler o caderninho de Beta, esperando o sono crescer, até que ficasse maior que o calor de Aruoca, para poder dormir.

Fui parida numa pilha de jornais velhos, no Beco dos Canecos. Minha mãe voltava do trabalho, quando sentiu as dores. O médico havia prevenido para o risco da gravidez.

– Repouso absoluto, senão é risco de morte para mãe e filha...

Nove meses na cama, coisa impossível para quem é pobre e tem fome. Apesar do risco da gestação em pé, correndo sobre os saltos de seus sapatos agulha, minha mãe resolveu arriscar. Queria tanto um alguém para quem deixar seus discos e livros.

Como uma livreira que sobrevivia vendendo coleções de porta em porta havia de esperar deitada sua filha nascer? Foi na volta de mais um dia de trabalho que, aos sete meses, nasci, escorregando no sangue grosso e escuro da rejeição espontânea. Uma pequena criatura de pele transparente e veias azuis correndo pela cara, cuja mãe não teve tempo de amar ou odiar.

Ao longo de minha vida, senti que faltava algo, quando mandava as letras contarem, cantarem e poetarem Mãe, aquela coisa que não sabia bem o que era. Até por falta de experiência própria e incompetência alheia em transmitir, por meio das palavras, algo que pudesse apanhar sobre mães. É problema, me diziam alguns, que poderia resolver sendo mãe. Não acredito nisso, vi nos tempos do orfanato mulheres que tinham filhos e não eram mães. Tampouco estou disposta a parir de cócoras e ficar com crianças penduradas pelas saias, por puro capricho Divino, que deu às mulheres a parte mais trabalhosa e dolorida no tocante à perpetuação da espécie. Gastei o escuro de muitas noites insones procurando o motivo da raiva que Deus tem das mulheres. Ainda não consigo entender.

Tudo que tive de minha mãe, afinal, foram livros, aqueles mesmos livros que ela queria tanto compartilhar e certamente discutir algumas passagens polêmicas, ou tecer um ou outro comentário sobre as qualidades literárias das grandes obras de sua coleção furada de traças e mordida de cupins. Nunca li nenhum, pois os perdi logo nos primeiros dias de vida também.

Meu pobre pai, sem emprego, herdou de mamãe um feto ainda em formação e uma estante cheia de obras de relevante valor literário. Obras que, sem reclamar, entregaram suas vidas às chamas da estufa que papai improvisou, em nossa modesta casa, para que minha frágil figura ultrapassasse as medidas de um aborto e alcançasse peso e altura de recém-nascido, em tempo hábil.

Machado, Borges, Graciliano, Kafka, Castro Alves, Homero, Camões e tantos outros ilustres poetas e prosadores ao fogo se entregaram, em nome de minha vida, que enfim prosperou, inalando a medicinal fumaça das letras queimadas. A carne cresceu ao calor das palavras.

Deu-se, em meus primeiros dias nesta terra redonda, o atar do laço eterno entre mim e as letras, não importa quais sejam, de que família ou tronco venham, se de alto ou baixo calão. Letras, letras que ora me dominam e ora, ao poder de minha caneta, sucumbem.

Ainda era madrugadinha quando batidas secas na porta fizeram o detetive dar um salto da cama. Justo quando finalmente havia pego no sono. Nem se lembrou que estava apenas de ceroulas e abriu a porta meio zonzo. Era o notário, olhos arregalados e vermelhos. Tinha uma terrível notícia: ossos queimados foram encontrados num matagal nas cercanias da cidade e, entre outros pertences achados no local, um anel de noivado parecido com o que Monteiro presenteara a noiva, mas isso carecia de confirmação do próprio.

Ao que tudo indicava, Orvalina estava agora dentro de uma sacola de feira, em cima da mesa do delegado. A ponta de uma tíbia queimada espiava por um buraco no plástico listrado de várias cores. Monteiro ameaçou um desmaio ao ver a cena. Levaram-no até uma cadeira, veio gente abanar, trazer água com açúcar e um remédio para pôr embaixo da língua.

– Tenha calma, Monteiro, temos que ver o anel, antes de tirar qualquer conclusão – tentou tranquilizar o detetive.

– Aqui está – disse o delegado, estendendo o braço e exibindo, na palma da mão, um anel de brilhantes enegrecido de cinzas e fuligem.

O notário soprou a joia e cuspiu, esfregando na manga da camisa. Nesse polimento apareceram, lapidadas com esmero, duas palavras: Vicentino e Orvalina.

– Oh! É mesmo o anel de Orvalina! – confirmou o notário pálido, lábios trêmulos.

– Então, não resta mais dúvida, a ossada é de Orvalina. Pobre coitada! Mais uma vítima do Bate-bife... – concluiu o delegado.

– Como assim? O senhor não vai periciar o corpo? – estranhou Chico Raydan.

– Mas com todas essas evidências? Não é preciso.

– Bate-bife que nada! Quem matou minha Orvalina foi aquele andarilho maldito que está morando na praça! Eu quero justiça, exijo que o delegado vá até lá investigar, já!

– Mas, Seu Monteiro, o moço até parece boa pessoa, tem ensinado a meninada da cidade a jogar bola... Além disso, a própria Orvalina deu ordem de não incomodar...

– Agora Orvalina está morta, e eu quero que ele seja incomodado, investigado, inspetado! Tenho certeza de que foi ele! – vociferou Monteiro, transtornado.

– Mas foi o Bate-bife...

– Bate-bife uma pinoia! Vou ter que apelar para seus superiores, pelo visto! A justiça será feita aqui, a todo custo!

O FUNERaL

Capítulo 5

aquela triste manhã, quando se espalhou a funesta notícia de que fora encontrada a ossada de Orvalina Rubião, muitos e muitos dos ajudados seus surgiram dos confins do sertão, contando de suas bondades generosas, das caridades que fazia em segredo, despida de toda e qualquer vaidade. Os doentes a quem ajudava, os órfãos, os velhos, os desamparados...

Uma gente que vinha num risco de lágrima, trazendo nas mãos as flores da gratidão e muitas, muitas outras homenagens, escritas em letras trêmulas e tímidas que, depois, eram coladas nos portões da mansão. À beira das grades que cercavam o jardim, brotou um caminho de velas brancas, cujas chamas tinham a intenção de iluminar a bondosa alma de Orvalina, no tortuoso caminho entre a Terra e o Céu. Ali, aguardavam a chegada de seus restos para o velório.

Apareceu até um músico com um violoncelo triste no meio das pernas. Tocou em gratidão à benfeitora que financiou seus estudos no estrangeiro, junto a um grande maestro despenteado. Sob o roxo som, foram chegando mais gentes dos confins: as mulheres vinham tristes, carpindo, metidas em vestidos escuros, cabelos repartidos ao meio. Os homens, sérios, sem choro e chapéu na mão. Carregavam ramalhetes e matulas com as comidas de que gostava a donzela assassinada: rabada, nhoque, sarapatel, broa, rosca, quebrador, queijadinha, pão de queijo; compotas de toda sorte e cestos com frutas: mexerica, abacate, banana, jaca, jenipapo... Tudo espalhado pela calçada, uma oferta para Orvalina.

Fez um ajuntado de gente e orações, em derredor do casarão. Um clamor murmurado e triste ecoou pelo céu dos confins, encorpado, depois, pelo som de dois violinos devotos dos músicos do templo frequentado pela morta. Mais tarde, veio também um violeiro, trabalhador da fábrica, seguido de seus companheiros de turno, a dançarem catira. Então, o funeral ficou mais bonito e animado, pois contava com quarteto de cordas. A bem dizer, com tanta comida e música, virou uma festa, um banquete dos pobres, em honra e memória de Orvalina Rubião. Aquilo mortificou ainda mais Monteiro, que nem desconfiava da generosidade da amada, uma vez que a tradição dos Rubião contava com mais de cem anos de unha de fome, sovinagem e pão-durismo.

Quando o rabecão chegou trazendo o caixão, a música parou e fez-se um silêncio tão grande que se podia ouvir o mundo girando bem devagar. As gentes simples, engasgadas com o sal de suas lágrimas, começaram o jogar *fulô* por onde os ossos passavam, formando um tapete com as coloridas flores do sertão. As crianças corriam atrás, jogando papel picado para cima e tocando musiquinha em flautas de talo de mamão. Foi singelo. Bonito.

O cortejo foi seguindo devagar até o salão principal da casa, onde o caixão com os ossos ficou instalado sob um imenso crucifixo de prata. Um retrato de Orvalina foi colocado mais ou menos onde era para ser a cabeça, e a bandeira de Aruoca cobria onde deviam estar os pés. O povo juntou-se ao redor e começou a puxar um terço. Rezadeiras, com negros véus pendurados na cara, pediam, solenes, piedade para Orvalina, um bom lugar no céu, bem sentadinha numa poltrona fofa, à direita de Deus.

Foi uma beleza de velório, regado a café e broa de fubá rachada em amarelo. Tudo muito bem organizado pelo notário Monteiro, com a devida autorização do advogado Cecim Cruz, que, na falta da Rubião, juramentado pela devida procuração, era quem tinha poder de mando e desmando na casa, na fábrica e em tudo mais que dizia repeito à milionária falecida.

Mesmo sem ter se casado de fato, Vicentino era o mesmo que um viúvo. Comprou caixão de mogno forradinho de seda roxa, encomendou enormes arranjos com flores exóticas, pôs homenagem no jornal e mandou polir os bronzes do jazigo dos Rubião, sendo toda despesa do funeral pendurada na conta da Fábrica dos Pincéis, uma vez que a fortuna da defunta se encontrava indisponível até a abertura do famigerado testamento, que o advogado da família e o tabelião diziam existir e prometiam abrir em breve.

Aliás, ao longo do velório, o murmúrio, as lágrimas e a tristeza foram perdendo força, de modo que, às horas do enterro, além das piadas, o que se ouvia nos círculos era especulação sobre o tal do testamento. Quem era o herdeiro da fortuna dos Rubião? Era a pulguinha que não calava detrás da orelha de cada enlutado.

– Dizem que é uma fortuna imensa, uma das maiores do Brasil: a fábrica de pincéis, fazendas com terra e gado a perder de vista, um avião! É, um avião só dela, lá em São Paulo, para levar a qualquer lugar do mundo, a hora que quiser.

– Igual ao do presidente, já ouvi dizer.

– Propriedades no exterior, apartamentos, escritórios: Paris, Londres, Nova York, Moscou...

– E as joias? Diz que tem um colar de pérolas de dez voltas. Um diadema de esmeraldas... coisa de sonho, igual aos das princesas nos filmes.

– Coisa herdada, vinda da mãe de Orvalina, já que a própria não tinha vaidade de usar um alfinete na roupa, não é mesmo?

– Ah, sim! Dona Carmem Rubião era uma rainha. O cúmulo da chiqueza dela era não transpirar sob o sol de Aruoca.

– Dizem que, em uma de suas viagens para a Malásia, fez uma cirurgia e retirou as glândulas sudoríparas.

– O que eu sei é que há um cofre, no andar de cima, de aço inteiriço. Dizem que é lá que guardam montanhas de dólares e o segredo dos pincéis de Picasso.

A cidade inteira especulava, imaginava as riquezas todas e também não havia cidadão que não nutrisse uma pontinha de esperança de ser lembrado no testamento por esse ou aquele gesto de amizade, aquela ajuda, pela sua obra de caridade, pelo seu longínquo grau de parentesco. E até mesmo quem já levara uma bofetada da falecida, em uma de suas famosas brigas, esperava uma grana de compensação, arrependimento e perdão, visto que a defunta era muito devota e cristã.

Os sinos da matriz dobraram mais do que de costume, às seis horas, anunciando que os ossos de Orvalina seguiam para o enterro. Fez-se uma fila longa e silenciosa atrás do caixão, com o povo todo sonhando com os milhões dos Rubião chovendo do céu, atirados de helicóptero, como assim bem imaginou Chique-Chique pipoqueiro que poderia ser o derradeiro desejo de Orvalina: seus milhões despencando nos confins.

Durante o enterro, por duas vezes, tiveram que parar o trabalho das pás para tirar, de dentro da cova, Vicentino, que, entregue ao desespero, queria ser enterrado junto com sua amada. Na terceira tentativa, contudo, o coveiro Fumanchu, autoridade na cidade dos mortos e muito conhecido por sua falta de paciência com o sofrimento alheio, mandou que deixasse o notário lá dentro, já que era aquele o desejo dele. No entanto, quando a terra já estava a ponto de cobrir o peito, Monteiro pensou melhor e desistiu de seguir viagem com Orvalina.

– Ainda bem que o senhor pensou melhor, defunto que eu enterro não sai da cova nunca mais, nem no dia do juízo!

– Ainda me resta um trabalho a fazer nesta terra! Fazer justiça à minha amada Orvalina!

Havia muita especulação em torno da morte de Orvalina. O principal suspeito será o herdeiro que o testamento indicar, nas palavras de Dorita das verduras:

– Claro, a pessoa descobriu que ia herdar a fortuna, o tal testamento, e matou a mulher. Isso a gente aprende nas novelas. É batata! Outra coisa que eu aprendi é que não devemos fazer seguro de vida, nem ter mordomos, que são coisas muito perigosas. A televisão ensina muito a gente.

Contudo, prevalecia a tese, quase ponto pacífico, de que Beta e Orvalina foram vítimas do maníaco Bate-bife, pois uma testemunha vira, dias antes, um sujeito com a estampa do afamado assassino caminhando numa picada no mato, à beira da rodovia que chega à cidade.

Vicentino ainda não estava nada convencido disso e tinha firme convicção de que Leonardo andarilho era o culpado. No que era, em parte, apoiado por Chico Raydan. O detetive suspeitava que havia algo de muito estranho acontecendo por trás daquelas mortes. Aproveitando-se da movimentação do velório, Chico investigou o que pôde na mansão. Achava muita coincidência patroa e secretária morrerem pelas mãos do mesmo psicopata de padrão aleatório, o tal Bate-bife. Assim, os dois abriam uma linha de investigação paralela à do delegado, que já havia colocado Beta e Orvalina na conta do maníaco e dado o caso por encerrado.

Portanto, usando de sua influência de décadas de tabelionato, carimbadas e alvarás, conseguiu Vicentino ordem superior vinda da capital, mandado para que o delegado passasse em revista a tenda do andarilho.

O delegado torceu o nariz, mas não teve jeito, eram ordens lá de cima. Chamou os soldados e foi, com Vicentino, Cecim e Raydan junto. O moço estava na praça, como de costume, bermuda surrada, sem camisa, jogando bola com as crianças. Quando Monteiro pôs os olhos nele, com seu cabelo perfeitamente despenteado, sorrindo alegre, se lembrou de Orvalina e o sangue ferveu. Sem pedir licença, avançou até a barraquinha do moço e, com fúria, foi desmontando e revirando tudo em busca de uma prova do crime. Jogava a coisas para o alto, esvaziava sacolas, esparramava livros no chão e pisava em cima.

– O que é isso, seu moço? O que eu lhe fiz? – perguntou Leo, sem entender nada.

– Não seja cínico – vociferou Monteiro, sem parar de vasculhar.

O delegado, Chico, os soldados e o advogado assistiam atônitos à cena de Monteiro revirando tudo enlouquecido, e o moço atrás, calmamente recolhendo seus cacarecos, em silêncio, sem protestar. Foi juntando mais gente para ver aquela triste situação. Assim foi por mais ou menos uma hora, até que Cecim achou, entre umas peças de roupa, as muitas alvas pérolas que compunham as dez voltas do conhecido colar pertencente à família Rubião.

– A joia de Orvalina! Assassino! Assassino! – gritou Monteiro a plenos pulmões e avançou sobre o moço, que se defendeu com ágil golpe de capoeira: um chute no meio da caixa dos peitos, trincando três costelas. Vicentino saiu rodando desgovernado, caindo de quatro e desmaiado em cima de uma moita de babosa que vicejava no meio da praça. Fez-se um silêncio entre a multidão que já se aglomerava ali.

– Nunca vi esse colar em toda a minha vida – disse Leonardo, sem baixar a guarda.

– Pode até ser, senhor Leonardo, mas vamos ter que levá-lo preso, até esclarecer como ele veio parar em suas coisas – disse o delegado.

– Não vou, não – respondeu. O pior pesadelo de Leonardo era ficar preso, fechado em algum lugar, sem poder sair.

Nesse ínterim, os dois barrigudos soldados de que dispunha a comarca de Aruoca vieram na direção dele, arma na mão. Mas Leonardo, viajado em terras do Oriente e treinado em artes marciais, num segundo desarmou os polícias e os prendeu com as próprias algemas, além de desmaiar o delegado com uma pedrada. O povo ficou mudo, olhos arregalados de pasmo, parecia até aquelas coisas que se vê em filmes de ninja. E Monteiro lá, do meio das babosas, com as últimas forças que lhe restavam:

– Eu bem que avisei que esse moço era perigoso! Matou Orvalina e Beta! Não podemos deixar que ele fuja.

Um bochicho correu entre as pessoas, até que uma reação coletiva explodiu pela boca de um:

– Vamos atacar juntos!

Foi um rebu de todos contra um. Um bolo de gente, um emaranhado de braços e pernas que descaíram furiosos sobre o moço, que foi envolvido por aquela onda humana. Às vezes, Leo se desvencilhava e acertava um golpe num infeliz.

Tonhão da oficina veio dando soco e safanão, mas tomou um chute ninja e retornou de onde veio, dando cambalhota de ré, que nem palhaço de circo. Catarina Rodrigues levou uma cotovelada no meio da testa e esqueceu onde mora e o nome do marido. Marinho levou um caratê pelo meio dos cornos e perdeu um dente parafusado que ainda nem tinha terminado de pagar. A confusão cresceu a tal ponto que Leo, usando de suas artimanhas, escapuliu da muvuca e deixou o povo, sem perceber, brigando sozinho. E não fosse por Chico Raydan surpreendê-lo com aquele rápido soco e um par de algemas, já estaria longe.

Capítulo 6

UM TESTAMENTO CABELUDO

Poucos dias depois do enterro, Cecim, advogado e testamenteiro da falecida, abriu as portas da mansão para a leitura do testamento. A cidade estava um alvoroço, com muita gente circulando, vindo especular sobre a fortuna, e ainda com muitos sertanejos vindo, em peregrinação, depositar flores e homenagens nas grades da mansão. Espalhava-se o boato de que Orvalina teria virado santa, pois tinha feito uma moça paralítica andar. A história vinha das bandas da Vila do Matão, um grotão no pé da serra. A mulher afirmava que havia recuperado o movimento das pernas depois de tocar num osso queimado de Orvalina.

Na grande sala, relevos de ramos e frutas emolduravam afrescos de mulheres dançando entre panos etéreos, num bosque do Olimpo. Alvas colunas partidas saindo por entre folhas e flores. No centro, derramando contas cintilantes pelos braços de ouro, pendurava-se um grande lustre de cristal. Era a sala de jantar onde o próprio Picasso já estivera sentado, na ocasião do rega-bofe em honra por sua ligeira passagem por Aruoca. Aboletados em derredor da longa mesa para vinte pessoas, curtindo o mais negro luto, estavam os ditos parentes da falecida, aguardando a abertura do testamento.

Havia um cheiro de morte pairando, um bafo de flores e velas e ainda algum minguado chorinho e ranger de dentes. Constava que Orvalina era sozinha no mundo, sem ter para quem deixar um prego de sua imensa fortuna. Entretanto, assim que se espalhou, pelas veredas, a notícia de sua morte, a parentalha começou a colocar a cabeça de fora. Foi um derrame de parentes distantes, sem jeito até de contar. Aruoca ficou de primos em segundo grau saindo pelas janelas e de contraparentes escapando pelo ladrão. Nem o medo da maldição dos Rubião afugentou os parentes, como disse o ambicioso Milo Rubião:

– Melhor ser maldito milionário que bendito pobre.

Apareceu até um velho de cem anos, montado numa cadeira de rodas, por nome Sebastião Francisco Rubião, que alegava ser bisavô de Orvalina e, por isso, herdeiro único, legítimo e necessário da morta, sem precisão de testamento ou documento algum. Balela desmontada por um coice tão envenenado de leis e parágrafos do advogado da falecida, que o velho perdeu a dentadura, um olho de vidro e foi parar nas águas quentes de Poços de Caldas, a fim de poder acalmar a decepção e o reumatismo.

– O cidadão acha que, só porque assina Rubião no nome, pode vir aqui e reclamar a fortuna... – desconjurava Cecim.

E foi assim, armado com um guarda-chuva e um exemplar do Código Civil, que Cecim Cruz raleou pela metade a parentela, restando apenas os menos distanciados em linhagem para a abertura do testamento.

Fez-se aquele instante de expectativa, e o lacre foi rompido num estalido seco. O silêncio era absoluto, e a carta, breve.

Saibam quantos que eu, Orvalina Cunha Amarante Rubião, de próprio punho, de livre e espontânea vontade, sem qualquer coação, e no perfeito gozo de minhas faculdades mentais, decidi escrever este testamento, o qual apresentei ao Senhor Tabelião Vicentino Monteiro do Ofício de Notas da Cidade de Aruoca, manifestando minha intenção de, pelo presente instrumento, testar, para fazer valer disposição de última vontade, após minha morte.

É de minha vontade que tudo o que tenho seja legado a minha mais fiel funcionária, a grande jovem artista Beta Ribas, nomeando-a minha herdeira universal. A ela lego rigorosamente tudo que tenho: a fábrica, as demais propriedades, as obras de arte, as joias. Enfim, absolutamente tudo o que possuo, a fim de que ela, no gozo desses recursos, possa dedicar-se exclusivamente à arte de escrever. Espero retribuir assim, com essas poucas linhas, tudo o que ela fez por mim com suas sábias palavras.

Deste modo, dou por concluído este meu testamento cerrado, que espero seja cumprido como nele se contém. Pois que nele se expressa minha livre e última vontade, pelo que tenho como bom, firme e valioso, rogando à Justiça que o faça cumprir.

Orvalina Cunha Amarante Rubião

– Uai! A última vontade também foi assassinada! – espantou-se um tio-avô.

Foi um reboliço no recinto. Todo mundo falando ao mesmo tempo, tentando entender a situação. A herdeira estava morta e não tinha para quem deixar a fortuna; tampouco teve tempo de saber que estava rica. Nem direito a caixão teve, fora sepultada embrulhada num lençol. Chico Raydan, que estava louco para anotar em seu bloquinho o nome de um suspeito, também ficou confuso e lançou um olhar de reprovação ao notário, que sabia de tudo desde o início.

– Eu estava com a língua segura pelo sigilo da profissão, detetive. Não poderia revelar o conteúdo do testamento antes de seu descerramento. É até crime, sabia?

O clima fúnebre se desfez imediatamente depois da revelação, e os ânimos se exaltaram; a parentada indignada, com o sem-destino do legado.

– Um absurdo a fortuna abandonar o sobrenome de origem.

– Como pôde Orvalina se esquecer da família!?

– Renegou o próprio sangue, antepassados e tradições.

– Mas, e agora? Para quem, afinal, fica a fortuna?

– Sem filhos...

– Nem pai, nem mãe...

Começaram a pipocar teses e opiniões, cada qual puxando a sardinha para sua brasa, tentando aproximar a raiz de sua genealogia dos guardados e ajuntados da solteirona. Então, um dos parentes, que era despachante e contador, experiente nesses assuntos de papel, carimbo e fórum, despejou aquele balde de água fria na cobiça dos parentes:

– Pois saibam todos que, como Beta não tem herdeiros, o patrimônio vai cair no colo do Governo. Uma parte vai rechear os cofres de Aruoca; outra, os cofres do Estado; e ainda uma terceira vai fazer companhia aos trilhões do Tesouro Nacional. É esse o destino triste das fortunas sem dono: a unha corrupta e lazarenta dos políticos.

Foi o mesmo que declarar o palacete terra de ninguém. O rebu foi generalizado. Apanhariam à força o que ia em pouco tempo cair nas teias grudentas da coisa pública. Começaram, então, a dilapidar a mansão.

– Vamos fazer justiça com as próprias mãos! Só porque sou um primo mais longe, o Governo vem e rouba o meu herdado! Governo nem é parente de ninguém e quer receber herança, mas eu... eu tenho sangue e tenho DNA! – discursava, em cima da mesa, Edivaldo Rubião, que alegava, inclusive, ser Rubião de pai e de mãe.

Cada um carregava o que podia. Osório Rubião grudou de macaco no lustre e só sossegou quando, em meio a faíscas e estalos elétricos, conseguiu desatarraxar o enfeite do teto. Albina Rubião foi esperta, subiu correndo as escadas e enfiou no pescoço, como se fosse seu, um cordão de ouro que estava sobre a penteadeira, e ainda enfiou no desvão dos seios um terço de contas de brilhante, bento pelo próprio Papa. A velha Norota Rubião, aleijada de uma perna, saiu arrastando uma cadeira de balanço vienense. Já Marina Rubião escondeu debaixo do casaco um barroco mineiro de mais de duzentos anos e enfiou na sacola de plástico um cinzeiro de cristal e duas esculturas de faiança francesa.

Uma cambada de primos Rubião, em terceiro grau, rebocou para uma kombi o piano de cauda, cinco cadeiras de jacarandá, dois abajures, um tapete persa, mais quinhentos talheres de prata. Uma tia-avó, cega e banguela, mas de tato bem apurado, colocou na bolsa os porta-retratos de prata. Já Carmita Rubião estava mais precisada de eletrodomésticos e levou, com ajuda de dois filhos lutadores de boxe, uma geladeira, um *freezer*, uma máquina de café expresso e um forno micro-ondas, além da batedeira.

Primo Aleixo Rubião não perdoou nem mesmo dez centavos que encontrou e escondeu debaixo da peruca. Pior foi Amélio de Castro, que nem Rubião era, saindo com uma tela a óleo debaixo do braço. Teve um parente que até gritou indignado:

– Ladrão!

Cecim, Monteiro e Raydan, poucos para deter a massa desvairada de gatunos, foram pedir socorro ao delegado. Mas, quando retornaram com a polícia e as armas, a mansão já estava depenada. Não sobrou um lírio no jardim. E só não levaram as privadas porque estavam muito bem cimentadas. Nada de valor restou no palacete, a não ser pelo conteúdo do cofre de aço inteiriço, que ninguém conseguiu violar.

O advogado mandou fechar o palacete, afinal, ainda restava a caixa-forte e, certamente, viriam mãos de maçarico, na calada da noite, para apanhar seu conteúdo. Porém, não havia como trancar as portas, pois haviam levado as maçanetas e fechaduras douradas. Então, já que o prédio da delegacia estava caindo aos pedaços, chovendo picumãs na cabeça do delegado, e uma vez que o destino do patrimônio seria mesmo o erário público... decidiram, em comum acordo, o notário e a autoridade policial, transferir a delegacia para o palacete, assim protegendo o cofre dos ladrões.

Cecim tinha fama de ser um homem que andava sobre a linha da lei e não ia deixar a depredação do palacete barato. A fortuna ainda não tinha destino certo e, fosse quem fosse que ia terminar com a herança, tinha a intenção de entregá-la íntegra, por consciência profissional.

– Nunca, em minha carreira de vinte anos de ações e processos, jamais falhei com minhas obrigações! Rasgo meu diploma se não recupero tudo o que foi levado do palacete!

Foi assim que se iniciou aquele longo boletim de ocorrência, dando conta de tudo que fora levado, avalizado com os testemunhos de Monteiro e Raydan. Na espera da sua vez de contar o sucedido na leitura do testamento, aproveitou o detetive para ler mais um pedaço do diário de Beta, sentindo que tinha caroço naquele angu...

Descobri meu vínculo passional com as palavras ainda meninota, aos quatro anos, quando aprendi a ler sozinha, folheando a lista telefônica do hospital em que fora internado meu pai. Logo me tornei a principal atração da enfermaria, recitando com meu carnudo beicinho de rubi os nomes e sobrenomes das pessoas listadas. O barulho daquelas primeiras palmas ecoaria durante muitos anos em minha memória, que guardou, com carinho, o olhar fascinado de uma plateia de engessados e costurados. Era o início da glória que as letras me dariam. Mesmo que as salvações seguintes fossem dedicadas injustamente a outrem, as recebia mesmo assim. Me sinto amada na mentira, nos discursos que escrevo para os grandes políticos. Ontem, um leu um trecho na TV. Eu gostei, gostei de ouvir minhas palavras chiando, vibrando no som da minha televisão velha. Naquele tempo, era pintando letreiros de propaganda em muros vadios que meu pai ganhava a vida. Desenhava um anúncio de supermercado, quando sofreu uma queda da escada, caindo em decúbito dorsal sobre uma pedra, quebrando as duas pernas e a bacia. Seus cacos foram recolhidos a um hospital público de pessoas quebradas, para onde eu fui levada por uma vizinha que, avisada do acidente, apanhou-me na creche e deixou-me na enfermaria, onde fiquei morando por uma semana, dormindo entre as pernas engessadas de papai.

Isso foi até que uma assistente social conseguiu vaga num Lar de Caridade, que dava acolhida a meninas órfãs. Não era de fato minha situação, mas lá deveria ficar até que meu pai passasse por todas as cirurgias necessárias e recuperasse os movimentos. Gastou-se muito tempo, linha de aço e pinos de titânio para que ele voltasse a ser outra vez um pai capaz, apesar de coxo.

E foi no abandono involuntário de meu pai que encontrei o real amor da minha vida, que, ainda não sabia, era apenas um pressentimento, quando os via de longe, enfileirados, eretos: os livros. Havia no orfanato uma pequena biblioteca na qual passei mergulhada, nos anos de gesso, descobrindo, aos poucos, o universo da literatura e das outras coisas menores que se tinha escrito nas áreas da ciência. É que a Ciência só vem, na maioria das vezes, confirmar algo que a Literatura já sabia muito tempo antes...

Ah! Um lugar maravilhoso a minha biblioteca, um portal no tempo e no espaço, um universo paralelo. Escura, lúgubre... a luz escorria amarela de lustres de cristal empoeirados, mergulhando em sépia antigos móveis negros: mesas, cadeiras e colossais estantes forradas de livros. Todos fora de ordem, mal empilhados, ameaçando cair, como que se oferecendo, se insinuando.

Antes mesmo de entrar, ainda no corredor, abria as narinas e respirava fundo para sentir aquele cheiro de papel-de-muitos-anos, amarelos, nostálgicos, anacrônicos, mágicos! Não gostava muito de livros novos, cheiro de tinta... Folhas, há pouco virgens, eram para mim tão sem vida, sem emoção, sem história... De fato, não sei explicar bem o que é essa minha repulsa pelo papel novo; tem gente que gosta muito, vejo as pessoas cheirando livros novos na livraria e gemendo em seguida, como se faz no fogão, diante da panela de feijão.

Quiçá não seria o humor de outros leitores que permanece impregnado... impregnado no livro usado, como se ganhasse energia vital... ensebado do suor da emoção, de lágrimas e até mesmo de outras secreções, que não convém aqui citar, dando-lhe aquela aura de coisa viva e misteriosa... Podem ser ácaros, quem sabe, bilhões deles, que emprestam às páginas suas vidas e energia, ao mesmo tempo em que, lentamente, vão devorando a obra, numa simbiose mortal; talvez seja isso, enfim, que me fascine nos livros usados. E-book? Nem sei o que é isso. Eu sou uma fetichista, tenho desejo pelo objeto, dormir abraçada com ele, ensebar suas páginas com o óleo dos meus dedos.

Seja lá o que for, quando compro um livro novo, meto-o numa caixa de bálsamo e o enterro no quintal de casa, na sombra do abacateiro, e deixo curtir por um mês, a fim de diluir o cheiro de novo... Mas isso de "comprar livros" foi só depois de pegar muitos exemplares no lixo e ler toda a biblioteca do orfanato, pois, até trabalhar com Sandala, nunca tive dinheiro para comprar um livro novo, na livraria... Isso não é lá grande problema para alguém que de tudo lê e mora num país onde as pessoas jogam livros no lixo...

Agora, com o emprego na fábrica, compro compulsivamente. Tenho que aproveitar, pois sei que, ao final do planejado, não terei mais esse salário bom. Orvalina me dá um adicional só para comprar literatura, traz livros raros de presente de suas viagens ao estrangeiro. Quase cheguei a gostar dela. Os livros e as conversas sobre literatura também são sempre uma boa desculpa para me aproximar e tentar descobrir algo. Mas ela é uma esfinge.

Morei no orfanato até os quatorze anos e só não me convenci órfã por conta das cartas que meu pai sempre mandava, dando conta das novas cirurgias e dos resultados da fisioterapia: "Minha filha, esse negócio de fisioterapia parece brincadeira, mas, no fim, até que funciona. Depois de seis meses de tratamento, já consigo mexer o dedo mínimo do pé esquerdo".

Meu pai de papel, que marcava presença toda semana, deixava as órfãs legítimas muito ressentidas de uma menina com um pai viver entre elas. Consideravam abuso, uma falta de respeito com a situação das demais. Acho que, por isso, se sentiam no direito de colocar lagartixas mortas na minha sopa e agulhas em minha cama. Assim, ficava solitária, sem amigas para poder compartilhar as melhoras e os progressos fisioterápicos de papai.

Até os desgraçados me deixavam com inveja. E, mais uma vez, as letras me acolheram tão bem... Quantas noites insones, doídas de saudades e solidão, fui buscar calma e consolo nos velhos tipos, nas letras antigas que me tomavam pelas mãos, conduzindo-me a lugares onde a saudade e a melancolia não podiam entrar... A essa altura, já havia me tornado uma bibliófila incurável.

Depois de ler por horas a fio, vista e mente cansadas, empanturradas de palavras, ficava enfarada e não tinha mais vontade de ler nenhum livro do mundo! Sonolenta, fazia uma cama de livros abertos e dormia sobre eles, em doce acalanto de fadas azuis, príncipes, princesas e diversos animais falantes, muito afinados, que me ninavam, enquanto o bolor das paredes florescia em alaranjado sob a luz do luar. Então, sonhava que estava na antiga e lendária Biblioteca de Alexandria, cheirando, com prazer, papiros mofados.

AS BARBAS do IMPÉRIO

Capítulo 7

Por mais que queimasse a cabeça pensando, Chico não conseguia entender. Era um caso muito estranho esse em que fora se meter, o mais difícil que atravessou o caminho de sua carreira de investigador particular. Aparentemente, ninguém tinha motivos ou interesse na morte de Orvalina ou de Beta, muito pelo contrário. Depois da abertura do testamento, a situação se complicou demais para todos, em Aruoca, cuja economia era exclusivamente amamentada pela fábrica de pincéis da falecida. Como a herança ficou sem dono, sem ter quem administrasse tudo aquilo, a indústria fechou as portas, esperando que a Justiça decidisse qual o destino da fortuna sem dono.

Havia para mais de cem anos que o povo da cidade vivia de vender ou fazer os pincéis Rubião, fábrica mais conhecida do país e também famosa pelo mundo inteiro por conta dos pincéis especiais, favoritos de Pablo Picasso, que os amou a ponto de espalhar a fama de sua qualidade em toda a Europa e, principalmente, entre os grandes artistas amigos seus, que também se admiraram, engrossando a fama da penugem misteriosa.

Mesmo que quisessem os Rubião, a fábrica não poderia atender a todos os pedidos que chegavam do estrangeiro, pois os pelos dos pincéis de Picasso, como foram apelidados pelos funcionários, eram muito raros e especiais, não passando a produção anual de 100 unidades, leiloadas, todos os anos, em Paris, a preços exorbitantes, que fizeram dos Rubião arquimilionários.

Tudo começou com o avô de Orvalina, um imigrante português que montou uma fabriqueta de pincéis de barba, cuja cabeleira densa e compacta era feita de crina de pônei, presa a cabos de latão ou madeira de lei. Reza a lenda que, nos tempos do império, era o Avô Rubião que fazia os pincéis de barba da família real. A fábrica ia bem assim, nesse trabalho de limpar a cara dos homens, quando veio a República e, bem posteriormente, o maldito do barbeador elétrico, tudo isso arrematado pela malfadada espuma de barbear enlatada, que ficava pronta num apertar de botão.

Era o fim da era imperial, dos duques, marqueses e barões, das navalhas, dos canecos e, consequentemente, do pincel de barba. Os Rubião passaram uma má fase, pendurados à beira do abismo das dívidas. Então, o pai de Orvalina teve a ideia de passar a confeccionar pincéis artísticos, uma vez que, a reboque da República, muitas escolas estavam sendo abertas, e os alunos todos, dessa nova era progressista que se inaugurava, iam precisar de pincéis nas aulas de educação artística.

Iniciou-se a produção, visando àquele promissor mercado escolar. Pincéis econômicos de pelo de pônei, presos a um cabo de madeira barata por uma cinta metálica, chamada virola. Livres de concorrência, por serem os únicos fabricados no país, logo os Pincéis Rubião conquistaram todo o território nacional, tomando os clientes dos tradicionais importados chineses, cujo preço era aumentado devido à distância e aos mares que tinham de atravessar. Assim, os Rubião compraram seus primeiros alqueires a fim de formar uma fazendinha de pôneis para atender à demanda da fábrica, que não parava de crescer.

A fábrica foi aumentando em tamanho e variedade. Além dos pincéis baratos, para os estudantes aprenderem a pintar, lançaram a linha profissional e diversificaram a pelagem: marta, esquilo, camelo, quati, mangusto, texugo, porco, doninha... e os formatos:

quadrados, planos, língua de gato, chanfrado, leque, trincha, batedor, brocha... Cada qual com qualidade especial para algum tipo de tinta e de pintura. Os preços iam variando de acordo com a raridade e a qualidade dos pelos. Os mais caros eram os de marta kolinsky, um bichinho cabeludo que passeia pelos ares gelados da Sibéria e tem o melhor pelo para confecção de pincéis: ultrafinos e de grande suavidade, ao mesmo tempo que são resistentes.

Os Rubião pagavam muito pelo cabelo fino, cuja cotação no mercado internacional era superior à do ouro. Por muito tempo, os pincéis kolinsky foram os mais caros, até que Davi encontrou a misteriosa fonte de matéria-prima para seus pincéis especiais, cujo segredo os Rubião defendem com a própria vida.

Mamando nessa dinheirama, advinda dos elogios do cubista, a fábrica de pincéis cresceu de abóbora e até enveredou por outras áreas: voltaram a produzir pincéis de barba e até escovas de cabelo feitas de crina de cavalo e cabo de prata. Passaram a fabricar variados tipos de pincéis macios e sedosos, especiais para as mulheres esparramarem pó de arroz e maquiagem pela cara. Aruoca era a única cidade daquele sertão a ter uma indústria de verdade, enviando seus produtos para o mundo inteiro.

Agora, contudo, o império da penugem estava encalhado no Fórum, sob a toga da Justiça, esperando destino e um novo imperador. Quando a herança fica assim, sem dono, é chamada de vacante ou jacente. A lei dá prazo de um ano para que apareça algum herdeiro para reclamar a fortuna. Se ninguém der as caras provando parentesco nesse prazo, a Justiça bate seu martelinho e tudo vai para os cofres públicos.

Ao redor da indústria, o arraial de Aruoca cresceu; germinaram novos bairros, com casas bonitas, samambaias e avencas nos alpendres. O dinheiro deu vigor político aos Rubião, que, com muitos deputados pendurados na guaiaca, conseguiram emancipar Aruoca do município de Calha Baixa. Mas agora tudo estava ameaçado. Se a indústria fechasse, Aruoca ia ficar sem dinheiro nenhum, sem condição até de arcar com os salários da Administração Pública, pois, a bem da verdade, eram os pincéis que pagavam os salários dos vereadores e do prefeito.

Por isso, foi organizada uma passeata em protesto contra a situação em que se encontrava a fábrica: interditada, com produção parada há vários dias, um prejuízo de milhões. Já imaginando como aquilo podia terminar, Chico Raydan correu para lá e, usando de seus ferrinhos, destrancou fechaduras, cadeados e entrou sorrateiro. Tinha que investigar antes que as pistas do local sumissem.

O sonho de Chico Raydan era ter à sua disposição aquelas maquininhas e aparelhinhos de bisbilhotar, enxerir e investigar dos americanos – iguais às que via no cinema e nos seriados da televisão. Laboratório de fazer exame disso e daquilo, digitais no ar, lentes de ver marcas microscópicas, de enxergar no escuro, de ver o oculto, escutas, o sangue espremido em lâminas de vidro, tintas de jogar em cima da prova, colorindo o invisível com tons fluorescentes...

Raydan só podia contar mesmo com seus instintos e intuições, nada de tecnologia. Além das evidências visíveis a olho pelado, sem auxílio de lente de aumentar coisa nenhuma. A única assistência que teve da ciência foi o tal do DNA do cabelo que encontrou com sangue e pele, na casa de Beta, e uma mostra do osso de Orvalina. Mesmo assim, custou muito para o resultado do exame chegar nos confins.

O resultado contava o seguinte: aquele cabelo era de Beta, mas o sangue era de outra pessoa. Ao que parecia, a moça tentou defender-se com uma livrada no assassino. Também já tinha confirmação: aquele DNA não era do Bate-bife, pois o exame fora comparado com outros, de outros processos que o assassino respondia. Já a amostra de osso da milionária estava queimada demais para fazer o exame e retornou com resultado inconclusivo.

Uma das técnicas de investigação que desenvolveu era observar o sono do suspeito. Assim, de entrar nas casas de madrugada, sem ser visto, e ficar olhando o indigitado dormir. Como ronca quem tem a consciência tranquila! É fácil reconhecer o sono pétreo do justo. Entrar nas casas sem ser notado era coisa à toa para Chico, que tinha passo de gato e mão perita de desarmar tramela, trinco e fechadura de toda espécie. Era aí também que aproveitava para arrancar um cabelo do sujeito para fazer um DNA. Àquela altura, a lista de suspeitos de Chico estava comprida de deixar escapar nem mesmo seu empregador, Vicentino Monteiro.

O escritório de Orvalina ficava num ponto mais alto da fábrica, um grande salão com mesa de reuniões, escrivaninhas e uma janela oval, por onde o mulherão podia observar os trabalhos na linha de produção. Diante do óculo, se estendia a grande mesa de jacarandá da Bahia, na qual gerações de Rubião governavam seu felpudo domínio.

Raydan pôs-se a bisbilhotar. Ficou horas mergulhado na papelada que estava sobre a mesa, esperando Orvalina. Havia muitas planilhas, contratos... Abriu as gavetas e mais documentos, papéis da contabilidade... Nada que pudesse ter ligação com os assassinatos.

Contudo, na última gaveta, encontrou uma chave de ouro amarrada com uma fita de veludo vermelho, escondida num fundo falso. Teve a intuição de guardá-la consigo.

Na mesma sala, num cantinho mais obscuro, estava outra escrivaninha, a da secretária Beta. Era muito organizada, diferente da bagunça de Orvalina. Todos os papéis, documentos e livros de ata estavam milimetricamente alinhados e empilhados, por ordem de tamanho. Sobre ela, à guisa de peso de papéis, uma pequena escultura de Dom Quixote, de armadura. Ali repousava uma agenda de couro de jacaré. Beta anotava nela todos os compromissos da milionária.

Ao que parecia, a cada quatro meses, Orvalina se encontrava com um tal de Elianor Bazebas. E, justamente no dia de sua morte, esteve com essa pessoa e, na linha onde estava anotada a reunião, havia um estranho parênteses: *levar uma escova de prata nova*. Aquilo deixou Raydan bem entusiasmado! Aquela pessoa, com certeza, fora a última a ver Orvalina viva...

Reunião com Elianor Bazebas, escrevia Beta, com letras bem claras e redondinhas, mas nunca com indicação do local.

– Quem será Elianor Bazebas? – perguntava-se Raydan, enquanto anotava o nome em seu bloco.

Folheou mais a agenda e notou que havia várias páginas arrancadas. Foi então que ouviu passos apressados se aproximando. Tinha que sair dali rápido, não podia ser visto. Não havia outra saída, senão a grande janela oval. Abriu-a e viu que por baixo dela corria uma batente de tijolos que ia um pouco além. Saiu e ficou se equilibrando, do lado de fora. Escutou a porta batendo e, em seguida, barulho das coisas sendo reviradas. Podia ouvir as gavetas caindo no chão, com violência.

– Onde aquela gorducha dos infernos escondeu a chave?! – vociferou uma voz conhecida.

Chico suspirou fundo, buscando calma. O escritório parecia vir abaixo, escutava barulhos de coisas quebrando e gritos de: A chave! A chave! A chave do cofre!...

Enquanto isso, Marinho Leite, no coreto da praça, fazia discurso inflamado em defesa dos pincéis e de seus pelinhos macios:

– Isso é um absurdo! Aruoca está ameaçada! A miséria nos ronda! Isso tudo por conta da burocracia! Não podemos permitir que nossa cidade seja asfixiada pelo peso das leis da herança! Não podemos ficar de braços cruzados esperando por um herdeiro que talvez nem exista! Vamos invadir e tocar a fábrica! Nós mesmos fabricamos e nós mesmos vendemos os pincéis!

Eu digo que os herdeiros dessa fábrica são seus funcionários!

O povo aplaudiu entusiasmado. E, com mais entusiasmo ainda, marchou rumo aos portões e começou a bater nas grades com pedaços de pau e a jogar pedras, tentando arrombar.

– Essa não! Vão invadir! Não podem, antes de eu achar a chave! – disse a voz que vasculhava dentro do escritório. Chico pôde ouvir seus passos sumindo no corredor. Era hora de sair dali, rápido.

Veio caminhando trêmulo pelo batente até a janela e pulou, de volta para a sala, limpando o suor da testa com a ponta dos dedos.

– Cecim matou Beta! – exclamou pasmado.

Só não contava Raydan com o retorno de Cecim, que havia esquecido o revólver sobre uma das mesas e deu de cara com Chico, bem nessa exata exclamação.

– Seu investigador! O que o faz ter esse juízo da minha pessoa?

Raydan deixou o olhar cair no revólver sobre a mesa e tentou pegá-lo, mas Cecim foi mais ligeiro e, fazendo mira, inquiriu:

– O que você sabe?!

– Que você é um assassino. Você matou Beta porque ela desconfiava de sua espionagem industrial. É isso que você está procurando, o segredo dos pincéis. Temia que ela dissesse isso a Orvalina.

– Mas Orvalina já estava morta. Por que eu mataria alguém que contaria algo a um morto? Sabe o que eu acho? Acho que você é um péssimo detetive. Não percebe que seu patrão não lhe conta tudo que sabe sobre os Rubião e seus segredos? Orvalina é jurada de morte, muitos queriam matá-la, é algo importante de se omitir... Mas você está bem próximo de solucionar o caso. Falará diretamente com Beta, pergunte a ela quem a matou. Vá até a janela.

Arma engatilhada em sua cara, Chico não teve escolha e foi até a janela. Quando estava bem perto, foi empurrado pelo advogado.

O Capítulo 8

MILAGRE da CAVEIRA

O povo já estava em vias de pôr o portão abaixo, quando o advogado Cecim apareceu no pátio e berrou, a plenos pulmões, que ia proteger o patrimônio dos Rubião. Revólver na mão, deu para cima um tiro de advertência e bradou:

– A lei no Brasil permite que se mate um cidadão em defesa da propriedade! Passou o nariz pelo portão, leva chumbo!

Ao que respondeu Marinho, inocente, sem saber das reais intenções de Cecim:

– Pobre Orvalina, que depositou sua confiança num imbecil. O doutor não percebe que, se a fábrica permanecer fechada, ela vai falir? O que o senhor deseja entregar ao legítimo herdeiro? Um amontoado de dívidas?

– Vocês não sabem de nada. Já estava nos planos de Orvalina fechar a fábrica...

Houve um bochicho geral, olhos e bocas abertos de pasmo.

– Vocês ainda não sabiam, mas a fonte dos pelos para os Pincéis de Picasso cessou. Já estava tudo sendo preparado para fechar... Não vai fazer diferença nenhuma para o herdeiro dos Rubião, que ainda levará muitas terras e outros negócios para as bandas da capital e mais coisas de valor no estrangeiro. Há muito que a fábrica não ia bem. O sustento mesmo são os Picasso, mas o pelo raro acabou... acabaram os pincéis especiais. E a venda de todos os outros produtos somados não paga os custos de manter a indústria funcionando. Pelo contrário, Marinho, manter a fábrica funcionando diminui a herança dos Rubião. Voltem para casa e desistam dessa maluquice de invasão! A lei diz que quem invade pode ser preso e mais...

Aruoca perdeu o chão. Era como se o advogado tivesse soprado a trombeta do Apocalipse. O lugar tinha uma dependência vital da fábrica. Foi uma confusão de gente falando, gritando, chorando, uma comoção. Marinho, contudo, não se deu por vencido e gritou, do meio da muvuca:

– É tudo mentira desse advogado! Ele quer apenas nos impedir de entrar!

– Mentiroso de uma figa! – veio um grito da multidão, acompanhado de uma pedra que pegou o advogado pelo meio de um parágrafo e da cara. Deu dois passos para esquerda, dois passos para direita e caiu no chão, inconsciente.

– Vamos invadir! – gritou um dos funcionários.

Os portões não aguentaram mais aquela investida e derrearam, abrindo passagem para os gritos de ordem. Foi aquele corre-corre, e os funcionários tomaram a fábrica, reassumindo seus antigos postos e funções.

A situação agora era mais confusa ainda, pois Cecim, depois da pedrada, desapareceu, e a fortuna ficou sem mando nenhum. Mesmo assim, o delegado não podia permitir a invasão. Chegou, dedo na sirene e boca no megafone:

– Vamos sair em paz! Vamos sair em paz!

A resposta veio ligeira: uma garrafa de pinga incendiada cruzou o céu em chamas e explodiu no capô do carro da polícia, que logo virou uma bola de fogo. No meio daquela fumaça, sumiu o delegado. Não era bobo nem nada. Contava a cidade com apenas dois soldados, e a fábrica tinha dois mil funcionários. Era guerra perdida, carecia pedir reforço na capital.

Quando Chico acordou, não entendeu direito onde estava, seu corpo doía todo. Via pedaços de luz e ouvia as pessoas ao longe. Então, percebeu que estava soterrado numa montanha de pelo. Tentou se mover, mas não conseguia, um de seus tornozelos estava torcido e todo o corpo doía muito da queda. Com alguma dificuldade, pegou o telefone e ligou para Vicentino.

– Raydan?! Onde você está? Está o maior pandemônio na fábrica...

– Eu sei. Estou aqui. Cecim tentou me matar...

– O quê? Cecim?!

– É... é! Agora estou preso numa montanha de pelo...

– E o pelo é macio?

– Hein?

– E o pelo é macio? Diz logo.

– Não muito, espeta...

– Meu Deus, é o rejeito, lixo. Você deve estar dentro da caldeira, esse tipo de pelo é queimado! Estou indo para aí!

Monteiro veio junto com os helicópteros. O reforço pedido pelo delegado chegara. Não conseguiu entrar, nem falar com ninguém, tamanha era a confusão.

Os polícias vinham com metralhadoras penduradas pelo lado de fora dos helicópteros. Levantou poeira e folhas do chão. Aruoca só tinha visto aquilo pela televisão. Deu um medo, a ventania, o barulhão! Contudo, os operários resistiram bravamente, comandados por Marinho:

– Não temamos a mongagá dos infernos! Eles jamais vão atirar em um grupo de operários que quer apenas trabalhar...

Nem bem disse isso, adveio aquela saraivada de tiros, acompanhada pelo seguinte recado, emitido por um megafone apoiado na dureza militar do bigode de Almeida, capitão condecorado com muitas medalhinhas espetadas no peito largo:

– Rendam-se imediatamente! O Governo não negocia com *terroristas.*

Sucedeu que o delegado, para conseguir, assim, um helicóptero bem armado, teve que ampliar um pouco a gravidade da situação e, aumentando um ponto e uma vírgula, disse a palavra terroristas.

– Estamos perdidos! Acham que somos terroristas. Vão matar todos nós! – desesperou-se Noquinha, do departamento comercial. – Eu já vi como é, aprendi nos filmes gringos.

E Noquinha teria razão, não fosse por Agnaldo Cantão, campeão de estilingue, no mundial de 1960. Foi um tiro certeiro com uma bolota de aço. *Tum!*

Acertou de cheio na hélice, assim, no olho do furacão. Fez um barulho de coisas tilintando, e o bichão soberbo começou a bater pino e a rodar, tonto, em torno de si mesmo, soltando fumaça pelas juntas.

Os milicos gritando lá dentro, girando em enlouquecida espiral. Parecia até uma máquina de lavar roupa, funcionando com a tampa aberta: saíram voando jaqueta de couro, luvas, blusa camuflada, boné, quepe, óculos escuros... Choveu estrelinha dourada de patente sobre a cidade. Aruoca ficou tão condecorada que, àquela altura, já podia ser considerada Brigadeiro da Aeronáutica.

O desespero era tamanho que até o Cabo Rezende pediu ajuda do Anjo da Guarda, seu zeloso protetor, o que era de se compreender pelo perigo da situação, não fosse Rezende ateu de carteirinha registrada, carimbada, com retratinho 3x4 e tudo. Pior foi o Capitão Almeida, que, no desespero de ver a vida por um fio, deixou escapulir, por entre os fios de seu bigodão, um gritinho mui agudo e escandaloso, que até o helicóptero interrompeu a queda para ouvir.

Foi esse destrambelho até a máquina perder altura e, depois de fazer barba, cabelo e bigode de uma matinha que ladeava o cemitério, se esborrachar no chão duro do chapadão, bem no campinho de terra batida das peladas domingueiras.

Agnaldo nem trabalhava na fábrica, era aposentado dos Correios, mas sempre quis provar sua teoria do estilingue como arma de guerra. Conseguiu.

Por sorte que ninguém dos milicos morreu, senão era capaz da Lei Marcial descer sua espada sobre a pobre Aruoca. O tal do helicóptero era coisa moderna, cheio das seguranças e, quando se esborrachou, inflaram bolsas de ar para tudo quanto foi lado, e o aparelho, em verdade vos digo, virou um desses pula-pula de quermesse, amortecendo a queda. Capitão Almeida saiu do meio dos destroços com o nariz pendurado pela cara e ódio saindo pelos cabelos:

– Infâmia assim não fica sem troco! Manda vir mais aeronaves que vamos pôr essa fábrica no chão!

Então vieram os caças zunindo, que foi um disparate de vidro quebrando, de medo só pelo barulho dos monstros de metal. No primeiro rasante, no pátio da fábrica, já foi um esparrame de revoltosos em desabalada carreira, fugindo. Corriam para um lado e o caça voltava pelo outro lado, deixando o povo tonto, sem saber para onde correr. Foi um desespero. Num mergulho mais baixo, a peruca de Dedeco Matias e o chapéu de estimação de Toninho Vale foram sugados e viraram fumaça pelo outro lado da turbina. Aí, o pânico tomou conta e o pessoal, com medo de ser sugado pela máquina e virar pururuca, começou a se esconder nos bueiros e embaixo dos bancos da praça, nas latas de lixo... Estes estavam entregues, mas uma parte do grupo resistia dentro da fábrica, liderados por Marinho Leite. Tinham por defesa apenas o estilingue de Agnaldo.

O caça já apareceu atirando e Agnaldo nem tempo teve de usar o estilingue. Foi um estilhaço de bala quebrando as coisas, cacos de vidro e faísca pelo ar, os projéteis ricocheteando, zunindo, e os revoltados sapateando. Teodorita do almoxarifado até inventou um novo passo de mambo.

Foi aí que Marinho Leite teve a ideia de acender as caldeiras, pois a fumaça haveria de atrapalhar o ataque. Mas lá estava o pobre Chico Raydan, preso no marafuá de cabelo. Sentiu o cheiro de gás e desesperou-se, gritando por socorro. Então, viu surgir aquela mão magricela, por entre os pelos. Segurou-a com força e, enquanto era puxado para fora, sentia o calor aumentando terrivelmente, enquanto uma bola de fogo crescia atrás dele e seus pés queimavam!

Um dos inconvenientes de se morar em Aruoca era o terrível cheiro de pelo queimado. Alguns instantes do dia, uma densa nuvem de fumaça branca e fétida pesava sobre a cidade. E era o que estava acontecendo ali:

um manto de fumaça cobria a fábrica totalmente. O caça ainda deu mais um rasante, mas não metralhou. Lá dentro, todos comemoraram. A estratégia da fumaça havia dado certo. Contudo, logo em seguida, escutaram um assobio, como se uma enorme chaleira estivesse apitando. Então, houve uma explosão e tudo estremeceu, pedaços de tijolos e reboco caíam das paredes.

– Meu Deus! Foi um míssil! – constatou Agnaldo, olhando, pela janela, uma cratera num terreno ao lado da fábrica.

– Vão nos explodir em pedacinhos! – concluiu Marinho Leite.

Foi um salve-se quem puder. Cada um saiu correndo para um lado, imaginando qual era o caminho mais curto para a saída. Nesse ínterim, a fumaça se dissipou, que o pelo queimava rápido, e o céu estava limpo outra vez.

Caídos diante das caldeiras, soltando fumaça pelas juntas, estavam Chico e Monteiro. O notário havia conseguido tirar Chico dali, antes que morresse queimado, mas não sem ganhar uma lambida de fogo que escapuliu junto do detetive pela porta da fornalha. O velho estava com a cara preta e as sobrancelhas completamente queimadas, e Chico com as roupas e todo o cabelo da nuca chamuscados.

Com muita dificuldade, apoiando Chico nos ombros, conseguiu Monteiro alcançar a saída. Já deram de frente com o temível desenho do caça, vindo no horizonte, fazendo mira para dar o disparo fatal contra o fabrico dos pincéis.

Foi aí que surgiu, no meio do pátio, Otília Remédios, a beata mais devota da paróquia de Aruoca, com um crânio espetado num cabo de vassoura, conjunto que empunhava feito um estandarte de batalha. E, fazendo mira na aeronave, bradou a plenos pulmões:

– Orvalina, que, em vida, desta cidade foste o esteio, agora, em morte, rogamos: valei-nos!

Ao fim dessas palavras, o orgulhoso caça explodiu em mil estrelas de fogo coloridas! Pode-se afirmar, com certeza, que Aruoca nunca assistiu a uma queima de fogos tão bonita.

Capítulo 9

PAIXão de MIM

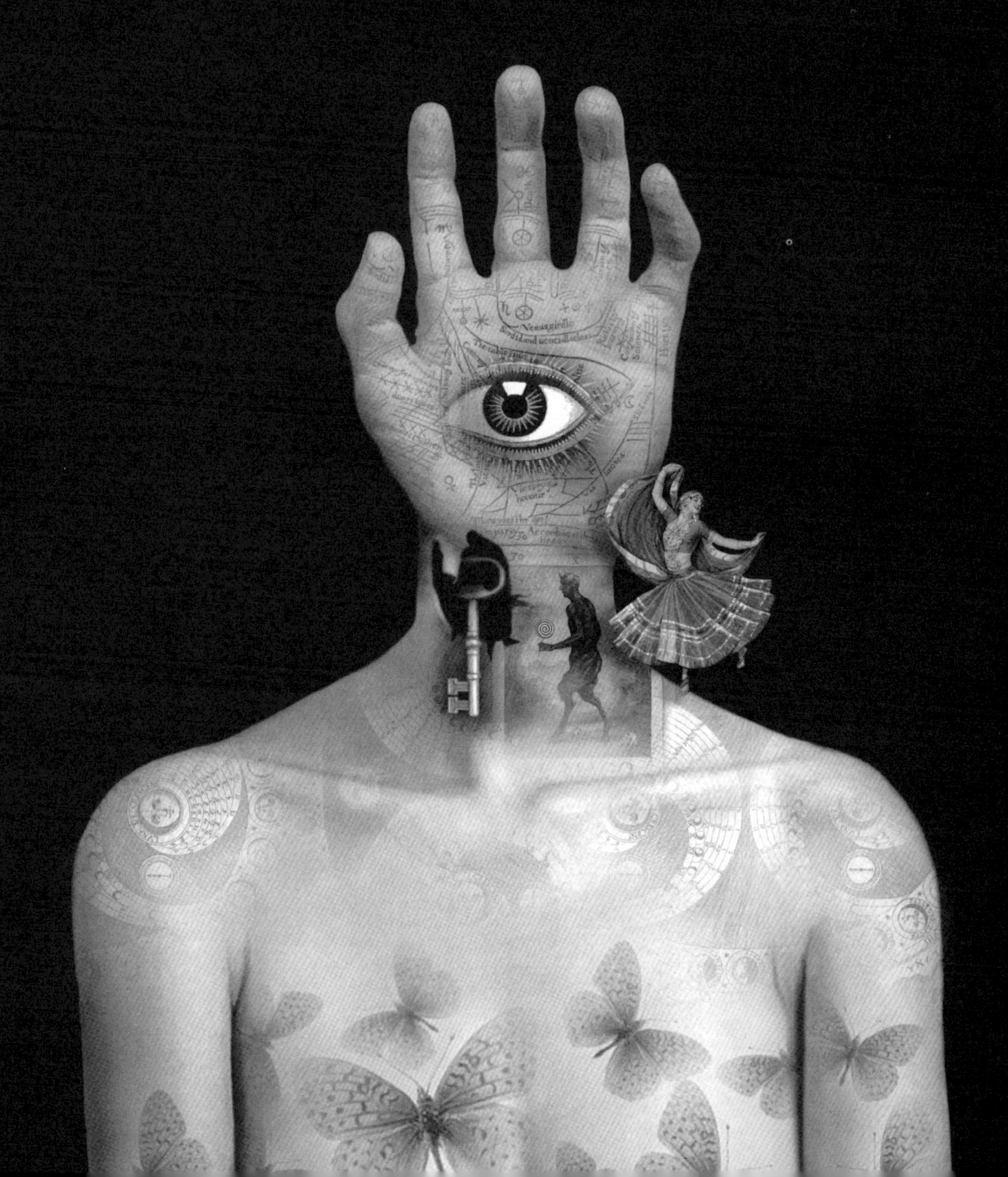

epois da derrubada do caça, a fama de santa de Orvalina engordou, a ponto de se espalhar pelos quatro cantos do sertão. Os portões da cripta dos Rubião foram derrubados, e o povo, usando um antigo balcão de vidro da falida loja Armarinhos Costa e Braga, improvisou um caixão de vidro, uma espécie de relicário, forrado de veludo encarnado, onde os ossos milagreiros foram depositados solenemente e adorados por incontáveis fiéis, que vinham pedir graças e o fim de dolorosas aflições, ficando a tumba improvisada de templo, de igreja ilegal, pois o vigário era contra a idolatria dos ossos, como dizia, e não aprovava nada daquilo.

Otília Remédios contou que teve uma visagem de Orvalina, dizendo que desenterrassem o crânio e o levassem até a fábrica para salvá-la. E assim aconteceu que a máquina de guerra ficou estourada como pipoca, diante da simples presença do osso Rubião.

O poder da dinastia agora era sobrenatural. A história oficial, contudo, era bem outra. As sisudas letras dos relatórios militares e as pesquisas dos peritos diziam que a queda do caça não era obra da caveira, mas de um urubu-rei sugado pela turbina do jato de guerra. Era um animal de muito osso e muita pena para o motor digerir. Quanto mais as autoridades repetiam a ladainha do urubu, mais aumentava a fama do milagre da explosão do caça, além de outros prodígios que Santa Orvalina estava realizando: de cura de unha encravada a cegueira.

Mas o principal deles foi mesmo manter a fábrica de pé e funcionando. O notário Monteiro encontrou na lei respaldo para ser, enquanto Cecim permanecesse sumido, o novo curador da herança Rubião. E, por ele, os funcionários podiam, sim, voltar a trabalhar e a fábrica retomar a produção.

Chico estava na praça, ora observando as pessoas, ora lendo o diário de Beta, em busca de alguma explicação. Naquele dia na fábrica, teve certeza absoluta de que Cecim era o assassino de Beta. Algo gritava aquilo dentro dele.

Uma coisa era certa: Cecim havia se vendido aos concorrentes chineses e estava em busca do segredo do Pincel de Picasso. Chico não se aguentava mais de curiosidade para ver se a chave dourada abria o cofre na mansão Rubião, agora convertida em delegacia. Isso deixava as coisas um pouco mais complicadas, pois não desejava abrir a caixa-forte na presença de ninguém. Nem mesmo em Monteiro confiava plenamente, apesar de ele ter salvado sua vida, pagando por isso com as sobrancelhas esturricadas pela raiz. Daí Vicentino, que já não era bonito, ficou com a fuça limpa de toda expressão: felicidade, tristeza, dor, alegria, não importava o sentimento, a cara era sempre a mesma, de buldogue francês depilado.

Assim, à espera de uma oportunidade de abrir o cofre, Raydan passava horas na praça, lendo as anotações de Beta.

Um dos dias mais felizes de minha vida foi quando meu pai foi me buscar no orfanato. Não estava como antes, era um pouco mais velho e apoiava os passos numa bengala. Mas era um pai de verdade e não um pai de papel amassado que chegava pelo correio. Foi também a primeira vez que eu vi Sandala, o primeiro dia de uma nova vida, além das linhas dos livros e das paredes da biblioteca do orfanato, o outro lado do espelho da ficção: a realidade.

O ronco do motor parou o café da manhã. As meninas todas correram para enfiar a cara pelas janelinhas estreitas do refeitório. Era sempre um alvoroço quando se escutava um automóvel. Podia ser alguém querendo adotar. Pelo bochicho, o carro devia ser bonito.

Nessas horas, eu sempre ficava sentada, continuando a molhar meu pão com manteiga no café, não queria ser adotada, nem era órfã e, mesmo se, por curiosidade, quisesse me aproximar, não conseguiria, as colegas me batiam. Mas aquela, ah!, aquela manhã chamaram meu nome:

– Beta, seu pai veio buscá-la.

Fez-se um silêncio imenso no salão, acabou o tititi das garotas na janela. Era um dia muito esperado por mim, por elas, mas não assim sem aviso. Ficamos mudas, e o mundo todo calou junto, apenas se ouvia o sol queimando.

– Vamos, menina, pegue suas roupas.

Eu fui, meio tonta, com a funcionária do orfanato me empurrando, ajudando a fazer a trouxa com meus trapos. E os livros, eu pensava, ia ficar sem eles?! Era tão estranho: queria e não queria ir. Nem sequer me deixaram passar na biblioteca para um adeus... As funcionárias não gostavam de mim, porque eu lia, era uma criança que sabia mais que elas, adultas e desinteressadas das letras e das coisas boas que elas nos dão de graça, não importa se somos velhos ou jovens.

Lá fora, um opala alaranjado esperava, estacionado num raio de sol. Tinha duas faixas pretas largas pintadas sobre o capô e outra na lateral, à altura dos pneus. Papai e Sandala esperavam de mãos dadas.

Papai estava tão diferente, de camisa estampada de flores coloridas e colete preto por cima. O cabelo um pouco prateado, diferente de quando o deixei no hospital. Estava tão bonito, e coxo; não ficou completamente recuperado.

Sandala não era uma mulher, mas uma joia vermelha sob o sol, uma cor em movimento, mexendo os panos das saias encarnadas, tilintando a coleção de pulseiras que cobriam os antebraços. Vestido vermelho decotado e cabelo preto cacheado, volumoso. Quando ela se abaixou para me beijar, achei que ia ser engolida por eles, que, macios, macios, me fizeram cócegas na cara. Arrepiei!

Era uma mulher maravilhosa. Não sabia ler, o que me deixou um pouco ressabiada no começo, mas era tão interessada em saber das histórias que eu havia lido no orfanato! Pedia que contasse para ela, deitava o pompom de seus cabelos negros no meu colo de criança e ouvia com toda atenção. As preferidas eram as histórias das Mil e Uma Noites: Simbad, Ali Babá, Aladim... Eu me sentia a Xerazade prazerosa de Sandala, sem a ameaça de uma espada sobre a minha cabeça.

Ah! Sandala, a cigana, parecia que havia caído de um dos livros que eu lia. Eu via a inveja nos olhos das outras meninas, na janela, ao ir embora. Além de um pai, eu tinha arrumado uma mãe linda, com ouro pendurado pelas pontas do nariz e das orelhas, cobrindo os braços até os cotovelos.

Papai e sua nova esposa haviam se conhecido no hospital dos estuporados. O irmão dela estava lá para juntar os pedaços, depois de cair com a moto de uma ponte. O pobre chegou lá feito um quebra-cabeça que os médicos custaram a remontar. Nos anos de tratamento, faz visita, leva o almoço, a janta... e Sandala acabou gostando e conhecendo papai.

Eu entrei no opala alaranjado e parti de minha vida de órfã para a vida aventurada de cigana.

Depois da queda, papai não poderia mais pintar letreiros, então aprendeu, com os irmãos de Sandala, a fazer joias de ouro, a ser aurari, como os ciganos chamam os ourives.

Em nossa tribo , trabalhava-se com metais, e também se faziam tachos de cobre e panelas de alumínio. De comerciar esses produtos, vivíamos de cidade em cidade. Bem, era esse o trabalho dos homens; o das mulheres era zelar pela molecada, arear os alumínios, cuidar do acampamento, achar lenha para a fogueira, uma fonte de água limpa para lavar e cozinhar. Algumas trançavam cestos para vender também. Mas, das mulheres todas, quem tinha a atividade mais especial era mesmo Sandala. Tinha o dom de levantar a cortina do tempo e espiar o futuro do outro lado. Nas linhas das mãos, via passado e futuro do consulente.

Além disso, dava receita de sortilégio, conjuro de sorte, amor e saúde. A tenda de seu consultório era vermelha, rematada com franjinhas douradas, o pó do chão oculto com grossos tapetes de lã. Tinha uma mesinha de madeira marchetada de delicadas estrelinhas de prata, sobre a qual gostava de proceder ao exame das mãos. Era a tenda mais bonita do acampamento. Às vezes, usava uma lupa enorme, como se quisesse enxergar as pequenas letrinhas de um contrato mal intencionado que o destino escreve nas mãos da gente.

Quiromante afamada pela beleza e pelo poder, quando o acampamento se levantava na cidade, logo aparecia gente importante escondida querendo saber: de paixões, da cura de um mal sem cura e dos números da loteria.

Como todos tinham que trabalhar, eu logo comecei também, escrevendo. Coisa que, no acampamento, só eu e papai sabíamos fazer, então passei a auxiliar Sandala no trabalho, anotando todas as previsões para que a pessoa levasse tudo por escrito.

E quando mandava a quiromante, escrevia também os ingredientes de uma poção de amor, fortuna, ou saúde, juventude... Quando o caso era de amor e paixão, Sandala, percebendo meu talento com as palavras, começou a vender poemas e cartas de amor, junto com suas receitas, e o dinheiro das cartinhas que eu escrevia entregava a mim, dizendo:

– Guarda para você ir comprando seu ouro. Uns brincos, um enfeite de cabeça. Beta é tão linda, logo estará mulher e precisará de ouro para enfeitar-se! Eu vou arrumar um príncipe cigano para você!

O único ouro que eu conseguia comprar eram livros usados, que as cartinhas não davam muito; muito raro um livro novo, nem gosto até. Sandala ria da minha mania de livros. Era assim sempre e, quando eu fazia alguma travessura, me corrigia tão doce, sorrindo, e me chamava de "Paixão de Mim".

– Paixão de Mim não faz as coisas por mal. É boa moça, que eu sei.

Nem tinha como desobedecer Sandala desse jeito. Eu, acostumada com a bruteza do orfanato, chegava a amolecer o corpo, quando ela me falava carinho assim. Foi uma época muito feliz. Toda noite tinha festa em volta da fogueira, violão, violino, acordeão. As ciganas dançavam tão bonito, à luz das chamas.

Feliz, mas não fácil. Às vezes, o dinheiro ficava pouco e, em nossas andanças, raramente éramos bem recebidos. Em muitas ocasiões, fomos expulsos de cidades. Tem gente que não gosta de cigano, muita gente. Às vezes, tínhamos que fugir, no meio da noite, do povo perseguindo os ciganos, com pau e pedra nas mãos.

Se algo acontecesse na cidade, enquanto a gente estivesse lá, a culpa era presumidamente nossa. Se os cavalos desapareciam nos pastos, os ciganos roubaram; se um morria, o cigano envenenou. A chuva parava e a seca castigava as plantações, praga dos ciganos que não gostam de chuva, porque moram em barraca.

Fomos acusados de fazer maldade, magia negra, roubar as casas, sequestrar criança. Tentaram pôr fogo nas tendas, num lugarejo, e certa vez, em Coquinho do Sul, fomos expulsos pelo prefeito, acusados de termos provocado um surto de dengue.

Ocasionalmente, éramos bem recebidos, e as pessoas da cidade, além de comprar nossos produtos e ler a sorte, vinham para a música e a dança ao redor da fogueira, à noite. E até eu tinha chance de ler um trecho de livro ou poesia de que gostava. Uma das cidades que fomos mais bem recebidos foi Aruoca. A tragédia foi o patriarca Rubião se apaixonar por Sandala... Foi a desgraça de todos...

Capítulo 10

A CARTA

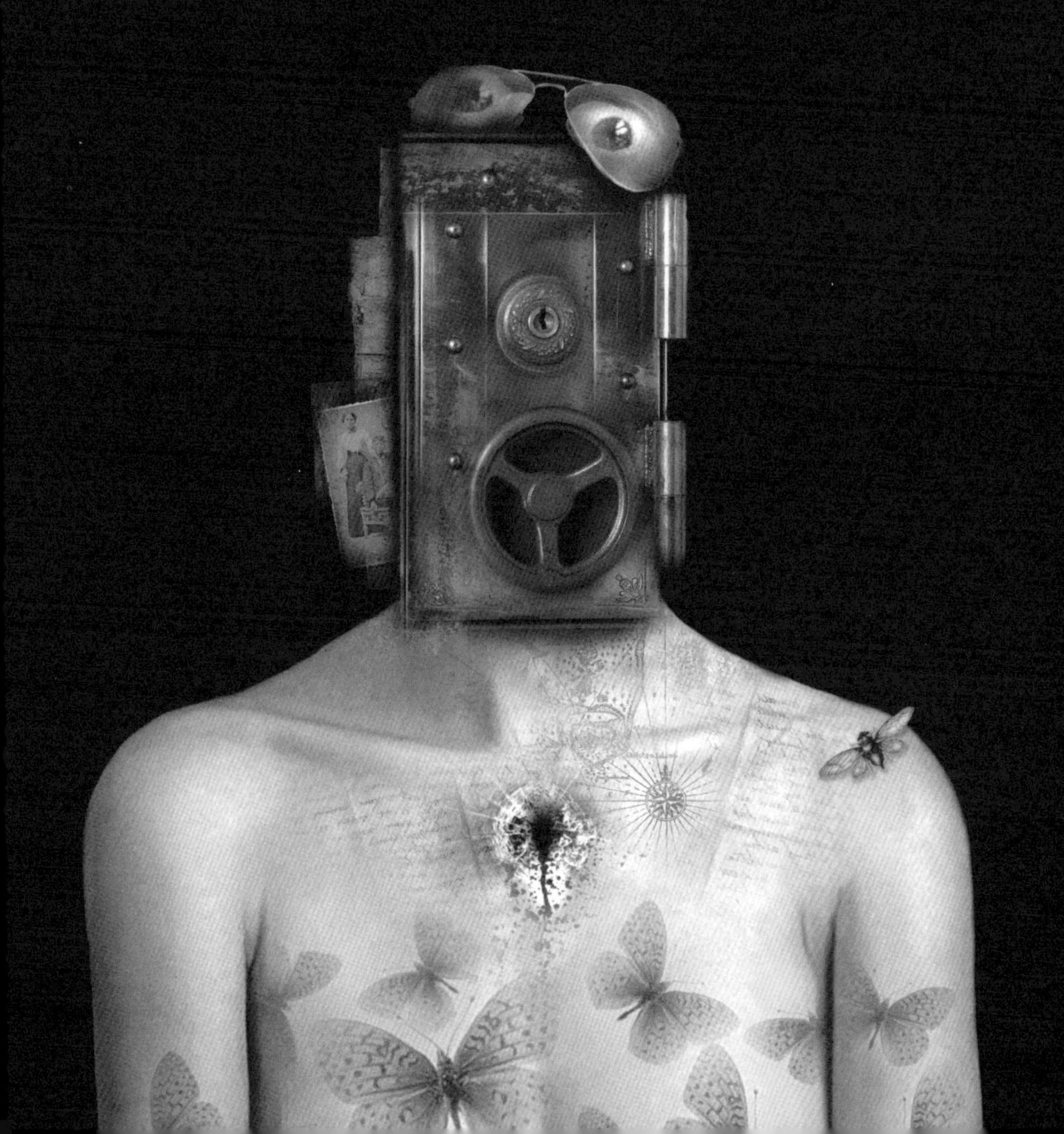

Um cogumelo de fogo abriu enegrecida sombrinha sobre o cemitério. Ao que parecia, os ossos santos haviam sofrido um atentado. Foi um estrondo que estremeceu o chão e fez tilintar as garrafas de pinga no *Tinoco's Bar*. Chico Raydan saiu da barbearia com meia barba ainda grudada na cara e correu, não para a fábrica, mas para a mansão-delegacia, que sabia, naquele momento, ia encontrar vazia, com as autoridades indo acudir a ossada.

Seguiu até o cômodo onde estava o cofre. Tirou a chave do bolso e, apressado, abriu. A porta girou lenta, pesada e decepcionou. Nem dinheiro, nem joias, tampouco chumaços de pelos valiosos de animais raros, contrabandeados da Cochinchina.

Amontoava-se ali uma pilha de papéis velhos, livros-caixa, recortes de jornal, certidões e escrituras que preenchiam todo o entediante espaço metálico. O conteúdo do cofre não parecia nada promissor. Numa primeira olhadela, memórias e lembranças da família Rubião, alguns documentos importantes, escrituras e os demais papeizinhos de que os homens carecem, para provar que as coisas do mundo são suas. Nada de extraordinário. Restando de interessante apenas uma caixinha de laca preta, no topo da papelama, com uma etiqueta amarrada em fita de seda vermelha, na qual se lia: *para Beta.*

"Quem sabe, nessa caixinha, algo de especial...", pensou Chico.

O detetive a abriu e encontrou um mapa e uma carta escrita por Orvalina, para sua defunta herdeira.

Querida Beta,

Se você lê agora esta carta, com certeza eu estou morta. E já sabe que eu lhe deixei tudo o que possuo. Saiba que você é a única pessoa de quem eu gosto e em que confio. Por isso, lhe deixo a fábrica e, por consequência, a vida e a existência de Aruoca, essa cidade que você adotou e da qual será, a partir de agora, guardiã e protetora.

Durante esses anos que ficamos juntas, você soube muito sobre mim e os Rubião. Mas não soube tudo. Você sabe que papai ficou viúvo muito cedo, quando mamãe morreu numa viagem à Sibéria para comprar pelos de marta. Durante muitos anos, papai guardou o luto e cultivou sua viuvez com honra. Parecia até que nunca outra mulher poderia ocupar seu coração novamente.

Era mais enlutado e duro que uma pedra de basalto. Contudo, essa dureza toda amoleceu num agosto, quando Aruoca fica limpa de toda nuvem e estala ao sol a pino. Ainda me lembro como se fosse hoje, quando, num raio de sol, apareceram por aqui uns ciganos: os panos coloridos dançando ao vento, as tendas, o ouro faiscando nos dentes, as pulseiras tilintando nos braços, o brilhante no abdome, pendendo do umbigo, enormes cruzes douradas sobre o peito.

Papai ficou fascinado com eles, com a sua música, a alegria, as cores, a dança ao redor do fogo e a língua estranha, o sotaque rouco. Ia ao acampamento e conversava com os homens, contava casos, fazia negócios, catira. E até a sorte tirou, deu a mão para uma cigana ler, esse foi o mal...

Sandala era seu nome. Quando tocou com seus dedos macios a palma da mão de Davi Rubião, a dinastia foi perdida. Ela aqueceu seu coração fúnebre. O rei destes confins ficou apaixonado pela cigana sem parada, suja das poeiras dos caminhos, ao léu, sem eira nem beira.

Nem prestou atenção em nada do que ela dizia sobre o futuro, só tinha cabeça de admirar a pele alva e os olhos grandes e negros. A cabeleira caindo em ondas sobre os ombros delicados. Ela era muito bela, mas não só, tinha algo de mágico. Eu também gostava dela, de ficar perto, de olhar. Era uma energia que fluía, emanava de seu corpo. Uma vez eu vi, juro que vi, borboletas voejando em torno dela, querendo seu néctar, como se ela fosse uma flor. Não precisava que fizesse nada para que a amassem. Esse condão, na verdade, se revelou uma maldição para Sandala, seu povo, sua pobre "Paixão de Mim".

Papai ficou irremediavelmente apaixonado por ela e, um dia, na tendinha vermelha das previsões, declarou-se, pediu casamento e prometeu vida de rainha: uma casa ladrilhada de diamantes para a cigana poder pisar por cima. Sandala, contudo, disse não, já era comprometida. Papai ficou com o orgulho ferido, pois a cigana fez pouco de seu poder e fortuna, preferindo permanecer casada com um aleijado qualquer, nem de estirpe cigana era, um réles que conheceu por aí, coxo duma perna e sua filha, a quem Sandala chamava de "Paixão de Mim". Eu, que não tinha mãe, sentia uma inveja enorme desse carinho e torcia para que papai levasse a moça para casa, mas não daquela maneira horrível.

Todo esse amor e ódio misturados levaram papai a fazer coisas tenebrosas. Tenho tanta vergonha! Foi aí que eu aprendi o que o amor e a paixão fazem com as pessoas: mal. Tranquei meu coração a sete chaves. Monteiro é mera companhia, você bem sabe. Gosto é das piadas. A vida não me ensinou coisas boas sobre o amor, não.

Cego de raiva de Sandala, papai forjou um assalto de muito dinheiro à fábrica e colocou a culpa nos ciganos. Num tempo de pouca lei e polícia, juntou armas e homens, cercando o acampamento. Havia 30 vezes mais jagunços armados que ciganos. Mandou que ficassem em suas tendas, seriam revistadas em busca do dinheiro roubado. Em sua cabeça, meu pai já tinha tudo armado. Daquela noite o aleijado não passava. Eu me envergonho muito das coisas que meu pai fez nesse tempo. Acho que ele também se arrependeu e se envergonhou de tudo, mas as circunstâncias nos trouxeram até os profanos dias atuais, que deixam Aruoca e seus habilitantes endividados com a morte, pois dela tiramos nosso sustento.

A primeira tenda a ser passada em revista foi a de Sandala, obviamente. Rubião já entrou com revólver na mão, para matar o aleijado, mas, na hora do disparo, a cigana pulou na frente. O tiro atravessou seu peito. Foi uma comoção! As ciganas molhando os cabelos de Sandala em lágrimas e os homens com olhos injetados de sangue, com ódio, mas nada podiam fazer, rendidos que estavam.

Meu pai enlouqueceu. Fez mira no aleijado outra vez, mas, vendo sua paixão caída no chão para defendê-lo, desistiu de matar. Sandala deu um suspiro no chão e Rubião a tomou em seus braços e saiu gritando:

– Não vou deixar você morrer!

Todo o poder da família Rubião foi posto à prova, neste tempo sombrio. Um avião desceu em Aruoca para levar Sandala, em busca de salvação. Papai mandou pôr fogo no acampamento dos ciganos, disse que a tribo estava desfeita, que se separassem e sumissem uns dos outros. Proibiu todos que estavam presentes de falar sobre o assunto, e quem se atrevesse a pronunciar o nome Sandala, ou o ocorrido naquela noite, amanheceria com a boca cheia de formigas. Essa regra valia não só para os ciganos, mas para o povo de Aruoca também.

Por anos, papai vigiou e perseguiu a tribo de Sandala, aterrorizou-os e afugentou-os para os confins do mundo. O destino de Sandala você descobre seguindo este mapa. Saberá como ela é importante para nós todos, ainda hoje.

Nós, os Rubião, jamais tivemos uma vida tranquila, outra vez. Sempre com medo da vingança, esperando alguém na próxima esquina para dar um tiro entre os olhos. Além da maldição. Todos, todos nós sempre tivemos pesadelos com cabelos.

Tia Roberta tinha o sonho recorrente de que se afundava num emaranhado de pelos, até ficar asfixiada. E Tio Jonas sonhava que estava preso a um pelourinho, enquanto longas melenas o chicoteavam até o sangue escorrer. Eu sempre sonhei que, durante uma refeição, sentia algo em minha boca, então puxava aquilo e saíam incessantemente longos tufos de cabelo.

A partir daquela noite fatal, também a raça dos Rubião começou a minguar. As mulheres ficaram de ventre seco e, da meninada nova, só sobrei eu, depois de muitos primos definharem e morrerem de doença esquisita e desconhecida, sem remédio ou explicação nos livros de medicina.

Daí que ganhou força, no sertão, a ideia de que uma maldição descaíra sobre a raça dos Rubião. Isso foi até que papai morreu, atingido por um raio, no meio da praça, não obstante a proximidade do para-raios da torre da igreja e de não haver nuvens carregadas no céu.

Assim, com papai morto, restando apenas uma Rubião, que sou eu, ficou no ar uma sensação de justiça, e a história da maldição foi deixada um pouco de lado. Mas, se você lê esta carta, agora, acredito que a maldição tenha enfim concluído seu círculo macabro e que não há mais, neste mundo, um Rubião de pé.

Por isso, você pode continuar a missão da fábrica de pincéis sem medo. Não tema! Siga o mapa. Fale com

Elianor. Vá sem medo, que minha morte não terá sido em vão e, ao menos, a fábrica está livre de ser maldita. Coloque o anel em seu indicador e Bazebas saberá que você é a herdeira e lhe contará tudo que precisa saber sobre os pelos especiais.

Um abraço de sua amiga Orvalina

Raydan mal podia conter a ansiedade. Agora muito se explicava, e já tinha quase certeza de que Beta havia matado Orvalina por vingança! Mas ainda havia muitas peças faltando para encaixar naquele quebra-cabeça, e essa tal de Elianor poderia esclarecer. Chico foi indo apressado, ansioso por ver aonde aquele mapa ia dar, mas, ao sair pela porta, deu com a ponta do nariz no revólver de Cecim, que trazia preso às costas um cilindro e um maçarico, que ia usar para desmontar o cofre.

– Você pôs a bomba no cemitério para distrair o delegado!

– Nossa, que grande detetive você é! Eu também posso fazer isso, quer ver? – e Cecim arrancou o mapa das mãos de Raydan com raiva. – Foi você que pegou a chave, aquele dia na fábrica, quando devia ter morrido na caldeira. Acho melhor começar a rezar para Santa Orvalina, para ver se ela te salva, hoje.

– Vingança ou dinheiro, o que você quer, afinal? – indagou Chico. – Agia junto com Beta e brigaram, pois só ela foi testada herdeira?

– Quero dinheiro, óbvio. Esse mapa que você tem aí leva ao segredo dos pincéis. Os fabricantes chineses me ofereceram duzentos milhões por ele. Sabe o que é isso? Consegue imaginar como gastar uma quantia de dinheiro como essa? Eu, que nasci neste buraco de mundo, sujeito aos desmandos desses Rubião a vida toda, ia perder essa chance? Você já deve ter lido a cartinha de Orvalina para Beta e percebido como as pessoas por aqui são boas para guardar segredo. Isso é bem fácil, quando sua vida depende disso.

– Por que matou Beta? Ela se recusou a te dar sua parte na herança?

– Ela nem soube que ia herdar alguma coisa. Acho que nem mesmo seria capaz de matar Orvalina. Ela era uma pessoa boa; eu, para o seu azar, é que não sou. Nós agimos juntos no início, e eu sabia quem ela era: a vingadora dos ciganos! Sempre soube também que teríamos que nos separar um dia. Quando Orvalina me pediu para cuidar do testamento, vi que nosso plano tinha um furo e ia ter que matá-la. Se ela tomasse posse das coisas da ricaça e achasse o mapa antes de mim, ia dar outro destino aos pelos, não ia querer vendê-los.

Enfim, Beta queria justiça e eu, dinheiro. Você irá entender, quando chegarmos lá e as suspeitas de Beta se confirmarem. Vou te levar vivo, você será útil para dirigir. Vamos! O tempo se esgota. Em breve, um grande milagre vai acontecer nessa cidade, e eu não quero, nem posso, estar aqui para ver. Já quero estar na Suíça, com meus milhões.

Capítulo II

LEI de TALIãO

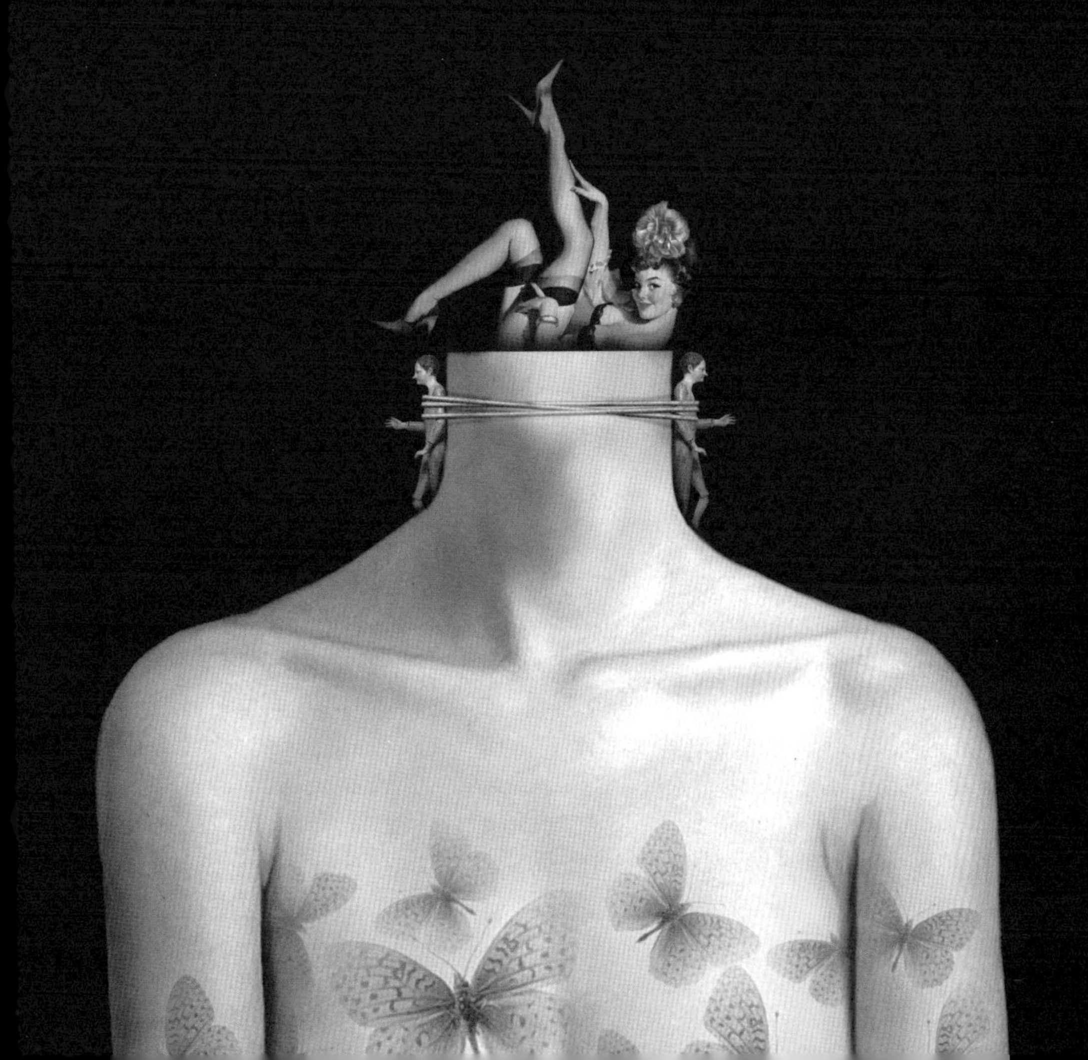

 explosão no túmulo deixou a cidade em alvoroço. Fez barulho, fumaça e quase nenhum estrago, mas foi suficiente para despertar a ira dos devotos. Sabe-se lá por que, no meio da confusão, capitaneados por Remédios, que dizia falar com os ossos queimados, decidiram que, para desagravar o ataque ao santuário, iam linchar Leonardo, preso até a conclusão do inquérito policial, na mansão-delegacia.

– Vamos fazer justiça! Não podemos deixar que o assassino de uma mulher santa permaneça vivo! Os ossos... os ossos clamam por justiça. Eu escuto!

O povo dos confins se armou com as coisas de que dispunha: paus, pedras, foices, machados, rastelos, enxadas... O delegado fingiu resistência, dissimulou que tentava impedir, mas se deixou vencer e ser amarrado, pois também havia se tornado adorador de Orvalina, roubando até um pedaço de osso e mantendo-o num altar em sua casa, rodeado de velas e orações. Tinha fé de que Orvalina ia trazer de volta à vida uma parte morta de seu corpo e o pobre andarilho acabou se tornando oferenda.

Da janela de sua cela, Leo via a multidão chegando e desesperou-se, sem ter para onde correr. Então, surpreendentemente, antes de todos, entrou ali o notário Monteiro, com um revólver nas mãos.

– Você veio para me matar antes deles?

O notário deu dois tiros que ecoaram lá fora. O povo que vinha em direção da mansão começou a gritar:

– Pipoco! Pipoco!

– Monteiro deve ter chegado antes de nós e dado fim ao assassino! – deduziu Abdias do varejão.

Mas, lá dentro, a cena era bem outra: Monteiro havia disparado contra a fechadura da cela e a grade agora estava aberta.

– Eu descobri tudo. Ela deixou uma carta contando, mas só agora achei. Fuja antes que cheguem.

– Eu sempre disse que era inocente.

– Eu sei disso.... agora eu sei... Mas não, eles não vão acreditar em mim agora, vão querer te matar de toda maneira. Meu Deus, estão chegando! Onde está o Chico numa hora dessas?! Deita no chão e finge de morto, anda, anda! – sussurrou Vicentino, já apanhando um vidro de *ketchup* que estava sobre a mesa do escrivão.

Quando o povo chegou à sala, a cena já estava armada: Vicentino com um olho parado, sangue espirrado pelo chão. Foi aquele rebu de gente ajuntando para ver o corpo do assassino assassinado.

Mas fingir morte não é coisa assim tão fácil e logo o defunto ficou sob suspeita:

– Acho que ele deu uma piscada para mim – disse Lola das rosquinhas de nata.

– Não fique impressionada, minha filha, é movimento involuntário do morto, sei como é isso – esclareceu Dirce da funerária, maquiadora de defunto que já havia recebido muita piscadela, bitoca e beliscão na popa, *post mortem*.

Vendo que a mentira não ia longe, Monteiro desfez seu fingido estado catatônico e disse solene:

– Agora que a justiça já foi feita, voltem para suas casas. Eu ficarei aqui, aguardarei o delegado e enfrentarei, de cabeça erguida, toda a responsabilidade por ter vingado a morte de Orvalina.

As pessoas foram então saindo, respeitando a decisão do, até então, herói. Mas foi aí que Otília Remédios, falando com os ossos, saiu com mais esta:

– Ainda não estamos em paz. Justiça completa só armando uma fogueira e queimando este defunto. Assim, fazemos igual ele fez com Orvalina.

Quando ouviu isso, Leonardo ressuscitou e já deu um salto de capoeira que foi um esparrame de gente. Fez um rodopio, em seguida, e terminou enfiando o joelho no fofo do bojudo estômago de Remédios, que adornou roxa e sem ar. Depois fugiu em desabalada carreira.

Aos olhares fulminantes que recebeu, Monteiro apenas respondeu, ao mesmo tempo em que dava no pé:

– Mais um milagre da piedosa Santa Orvalina: ressuscitou o próprio assassino!

Não foram muito longe, pois, fora da mansão, muitos esperavam. Monteiro foi facilmente vencido com uma paulada na moleira. Mas Leonardo não. Armado apenas de um pedaço de pau, fez um estrago nos devotos de Orvalina. Só numa primeira passada do porrete, fundiu umas seis costelas e arrancou quantidade de dentes suficientes para fazer duas dentaduras completas, superior e inferior. Ivo mecânico levou uma paulada no bico do papagaio, que está mudo até hoje.

Quando enfim o porrete quebrou de tanto sovar o povo e Leonardo ficou desarmado, Betão Carvalho, ferreiro, cem quilos de músculos, entrou na roda soberano, estalando os dedos e batendo as mãos uma contra a outra.

Começou até a rolar banquinha de aposta, que aquele ali o andarilho não derrubava. Leonardo, contudo, nem mudou a cor da cara, só fez beijar um anel de pontinha fina que trazia em seu dedo anular. Daí para um murro no meio da testa do Betão foi uma fração de segundo. Fez aquele barulho seco e o monte de músculos se desfez num saco de batatas, que sente até hoje dificuldade de se lembrar do próprio nome e confunde direita com esquerda.

Os linchadores não eram bobos. Lembravam-se do trabalho que foi prender Leonardo da outra feita, e por isso haviam trazido, por prevenção, uma rede de pesca e, avançando sobre ele muitas pessoas juntas e ao mesmo tempo, conseguiram, com muito custo, prendê-lo.

Foi erguido tronco de madeira no meio da praça e nele foram pendurados o andarilho e o notário, cúmplices, segundo a beata Remédios, na morte de Orvalina. Monteiro só recobrou a consciência quando o fogo já estava sendo aceso. Estava amarrado sobre uma pilha de madeira e palha secas. Num instante, as chamas alcançaram seus pés, e a fumaça ardia em seus olhos.

– Vocês estão loucos! Loucos! Tirem-nos daqui! Estão cometendo uma grande injustiça! – berrava ele do meio da fumaça. Mas o povo, numa espécie de histeria coletiva, parecia não escutar, seguindo Remédios, que empunhava a caveira no cabo de vassoura. Todos dançavam e entoavam cânticos, em derredor das chamas, em honra de Orvalina.

Seria o fim do velho Monteiro, não fosse aquele vento salvador. Uma rajada de ar levava o fogo e a fumaça para direções opostas, fazendo seus algozes fugirem. A ventania foi aumentando, aumentando, até que o fogo apagou. Monteiro, ainda confuso por causa da paulada, não entendia bem o que estava acontecendo. Até que viu descendo, na praça, um enorme helicóptero dourado, espalhando os devotos com o vento que fazia.

Vários homens de terno preto, armados, saíram de dentro dele, fazendo uma espécie de círculo de proteção. Só aí saltou da aeronave uma esguia mulher, metida num vestido preto justo, marcando as sinuosas curvas de seu corpo. Longos cabelos pretos emolduravam um rosto longo e andrógino, lábios proeminentes e tesos, marcados de vermelho, dos quais saía uma conhecida e severa voz:

– Vocês são todos uns idiotas ignorantes!

Monteiro estava pasmo, e não só ele. Aruoca estava atônita. Apesar da magreza, da cara quadrada e da papada amputada, aquela voz não deixava dúvida: a bela mulher era ninguém menos que Orvalina Rubião.

Capítulo 12

Um PALÁCIO PARA SANDALA

Cecim, de arma na mão, ia lendo o mapa, e Chico Raydan dirigia o carro. O caminho seguia por várias estradas de terra que se cruzavam, nas fazendas daquele oco de mundo. Uma jornada de muitas pontes sobre rios, cruzando porteiras, mata-burro, plantações e pastos, até que chegaram à propriedade secreta dos Rubião.

Parecia uma fazenda abandonada, com pastos e lavouras tomados de mato e planta daninha, melão de São Caetano enrolando nos arames, os moirões das cercas descaídos, os paus apodrecendo no chão... Há muito que ali não se plantava, nem se criava bicho nenhum.

À medida que avançavam pela estrada, mais o mato fechava, até que virava mata com árvore copada, pendurada de cipó, e mico pulando de galho em galho, assobiando. Tudo ficou sombrio e triste, por alguns minutos, no meio do bosque denso, mas, subitamente, passando por baixo de um arco que formavam duas árvores tortas, a estrada voltou à luz, saindo num gramado verde, e a paisagem ficou repleta de flores e arbustos, podados em formas arredondadas, e longas palmeiras espanavam as nuvens do céu. Era o jardim de um palácio escondido num vale, no oco do mundo.

A construção era vasta e suntuosa. Sopro do Oriente no sertão. Era constituída por um domo central com oito torres pontudas e octogonais ao redor, como que a vigiar um grande tesouro. Havia um grande portão, a única entrada, imprimindo à fachada ares de forte medieval.

Cecim colocou o anel e tocou o sino diante da porta.

– Você entra comigo. Fique calado e não tente nada. Você sabe da minha fama com um revólver...

Minutos depois, um postigo na maciça porta de madeira se abriu e uma voz rouca e firme disse, lá de dentro:

– Passe a sua mão direita para dentro.

Cecim enfiou a direita no breu da toca. Sentiu, com alguma apreensão, o exame demorado de seus dedos, do anel. Então a porta se abriu, pesada, gemendo nos gonzos. Por dentro, a construção era ainda mais bela, forrada do mais branco mármore, do rodapé ao teto, adornada de estátuas, vitrais azuis nas janelas, lustres de cristal. O guardião de tudo aquilo: Elianor Bazebas, o anão. Cecim olhou para baixo, sem conseguir dissimular a surpresa:

– Elianor?!

– O que esperava? Um gigante com um machado? O que me falta em tamanho, tenho em sigilo, e é isso que os Rubião sempre tiveram em mim: o fiel depositário de seu segredo. Que agora será seu, advogado.

– Eu achava que você era só mais um dos desgraçados que ela ajudava.

– E eu achava que você era apenas mais um dos advogados. Mas, pelo visto, é o herdeiro. Entre, venha receber o que é seu. Quem é esse aí?

– Chico, meu secretário.

– Tem certeza de que ele precisa estar aqui?

– Tenho.

– Está com medo de um anãozinho?

– Não está aqui para minha segurança. Sei me defender sozinho, coisa pequena.

– Se quer assim, entrem.

– É uma bela propriedade.

– Sim, uma joia. É uma construção indiana. Foi desmontada lá e remontada aqui, bloco por bloco. Foi presente de Davi Rubião para Sandala.

– Sandala?

– Eu achei muito justo, pois ela deu aos Rubião muito mais que isso.

– Então o Rubião manteve a cigana escondida?

– Mantém.

– Como assim?

– Venha comigo.

Subiram por uma escadaria larga até chegar ao andar superior, onde, num grande salão, sob o domo que se via do lado de fora, havia um leito dourado, forrado de veludo encarnado, no qual uma mulher de longos cabelos negros parecia descansar.

– Lá está ela – disse Bazebas, sussurrando.

– Não é possível! Ela teria uns 80 anos, e essa aí parece jovem...

– É ela. Veja mais de perto. Mora aqui até hoje. É parte de sua herança, também. Não lhe parece bom, uma noiva tão bela num palácio? – emendou o anão, com uma cara cínica.

O advogado aproximou-se e contemplou a beleza da moça, que parecia estar num sono leve, pronta para despertar a qualquer momento. Sua pele era delicada e macia. Não resistiu e tocou em sua mão. Contudo, estava fria como a neve e aquele leve toque com a ponta do dedo despertou em Cecim tanto desalento que todo o fascínio que sentira, até então, foi asfixiado pelo ambiente de tensão. Ficou silente, encarando Bazebas com os olhos arregalados.

– Tolo! Você é fútil e ganancioso que nem percebeu, ao entrar aqui, que este lugar lindo e luxuoso não é um palácio, mas sim um túmulo.

– Túmulo?

– Veja como as estátuas aqui estão tristes e choram... Nas vasilhas de ouro e prata não há comida, nem há vinho ou água nos jarros, nem alegria, só saudade e remorso... Essa é a mansão da morta, o mausoléu de Sandala.

– Essa morta não pode...

– Sim é...

– Isso é alguma brincadeira? Impossível, ela estaria velha. Tudo bem, é uma mulher morta... mas é um defunto fresco, bem se vê e...

– Está morta há quarenta anos.

– Isso só pode ser armação, uma peça da Orvalina. Ela combinou com você, não foi?

– Ela também ficou espantada, quando esteve aqui pela primeira vez, depois que seu pai morreu. Sandala morreu, mas se esqueceu de se decompor...

– Tem certeza de que está morta?

– Tenho. Casos assim não são tão raros, há muitas histórias de corpos que não se decompõem. Há pessoas santas que, depois da morte, são encontradas incorruptas, mesmo passando centenas de anos enterradas.

– Já ouvi falar disso, mas nunca tinha visto.

– Quem sabe a santa desta história seja outra? Uma mulher que protegeu o homem que amava com a própria vida.

– Bem, mas meu assunto aqui é outro, anão. E tenho pressa. Não me importa essa defunta. Se ela tem preguiça de apodrecer, o problema é dela. Quero saber é do segredo dos pincéis! De onde vêm os pelos?!

– Falamos dos mesmos assuntos, afinal. Naquela trágica noite do tiro, Davi fretou um avião, como se diz, uma espécie de hospital ambulante, para socorrer Sandala, salvá-la do tiro. Mas, ainda no ar, antes de chegar em lugar de mais recurso, a pobrezinha já estava morta.

Davi ficou tão desesperado que mandou a aeronave descer aqui. Havia adquirido a propriedade recentemente. Era para ser uma grande fazenda de criação de gado, tinha pista de pouso, currais, uma casa grande. Mas ainda estava vazia, sem empregados. Só eu, que sempre vinha na frente para ajeitar as coisas para o patrão. Que susto tomei quando vi o avião pousando na pista... Rubião desceu com ela nos braços, chorando, desesperado. Foram dias sombrios, de tristeza e desespero. Ele gostava mesmo dela. Custei a convencê-lo a enterrá-la, mas acabamos abrindo uma cova, diante de um ipê amarelo, e a colocamos lá.

Passados uns três meses, ele voltou com uns pedreiros e fez um túmulo bonito para Sandala, como lembrança e homenagem. Qual foi a nossa surpresa, quando, ao invés de restos mortais, a terra nos devolveu um corpo perfeito? E daí?! Para mim, continuava morta, era só pôr no lugar novo e pronto, mas Rubião, quando viu aquilo, endoidou! De alguma maneira, Sandala vencera a morte.

Levou o corpo para a casa da fazenda, deu banho, pôs roupa bonita, penteou o cabelo, mandou vir um caixão de vidro. Fez fechar a fazenda, deixou o mato em volta crescer e me fez guardião deste cemitério de uma morta só. Uma vez por mês, o Rubião vinha com flores, orações e remorso. Daí, o mais estranho aconteceu: mesmo com Sandala morta, seu cabelo continuava a crescer. No começo, achava que era impressão minha, mas, depois de alguns meses, tive certeza.

Os anos passaram, Davi vinha e arrumava as malenas, desembaraçava e organizava em tranças, mas não tinha coragem de cortar. O cabelo já seguia arrastando, como se fosse uma corda amontoada no chão, parecia até a história da Rapunzel defunta.

Isso foi até que um tal de Picasso veio a Aruoca ver os quadros de Aurora Monteiro e Rubião teve a brilhante ideia de prestar uma homenagem póstuma e anônima a sua amada. Ia confeccionar, com seus cabelos, um pincel e dar de presente ao famoso pintor. Assim, grandes obras de arte, admiradas por milhões de pessoas no mundo inteiro, iam ser pintadas com o cabelo de Sandala.

– Meu deus! O segredo é cabelo de defunto?! – enojou-se o advogado.

– Não. É um cabelo inexplicável que vem da morte, mas não é morto. Continua a crescer até hoje... Só não contava o Rubião que o pincel fosse fazer tanto sucesso e outros pintores famosos fossem fazer encomendas...

– Os safados dos Rubião exploram uma morta há quarenta anos!

– Por isso os pincéis são tão caros. Descontando o comprimento, para não estragar a aparência de Sandala, os Rubião cortam só trinta centímetros por ano.

– Será que os chineses vão acreditar nisso?

– Chineses? Do que você está falando?

– Cala a boca, anão idiota! – gritou Cecim, sacando o revólver da cintura.

– Eu não sou herdeiro de nada. Orvalina não morreu...

– Orvalina está viva?

– Ela apenas estava viajando. Estava na Suíça, num SPA criogênico. Sabe o que é isso? É uma nova moda entre os ricaços. Eles congelam a pessoa por uns meses e ela rejuvenesce uns dez anos. Além de emagrecer sem ficar flácida, a pessoa alisa a celulite. É claro que ela também deve ter feito muitas plásticas...

– Nós estamos falando da mesma Orvalina?

– É. Estamos falando de Orvalina, sob ascendência das palavras de Beta. Tudo isso foi orquestrado pela escritora... Quando ela percebeu que Orvalina ficou apaixonada pelo andarilho, viu na fortaleza Rubião uma rachadura e, por ali, enfiou sua língua bífida. Com o poder das suas palavras, ela convenceu Orvalina a fazer o tratamento de beleza em segredo, para assim conquistar o andarilho. Enquanto ela era feita de picolé, nós fizemos parecer com que tivesse sido assassinada. Providenciamos para que o Bate-bife escapasse, sabíamos que o preguiçoso do delegado ia pôr a culpa nele. Depois, matamos o Bate-bife e colocamos a aliança de noivado de Orvalina no corpo...

– Meu Deus, os ossos milagreiros são do maníaco Bate-bife?!

– São. Com Orvalina dada como morta, pudemos xeretar tudo e, enfim, descobrir esse segredo mórbido. Beta sempre suspeitou, desde que passou pela primeira vez os pelos do Pincel de Picasso em seu rosto... arrepiou. Sabia que era cabelo de sua amada Sandala, pelo tato e pelo aroma que exalavam. Pobrezinha, tinha esperança de achar Sandala viva, velhinha, prisioneira dos Rubião, fornecendo cabelo.

Depois da tragédia no acampamento, os ciganos se espalharam para despistar. Mas, anos mais tarde, se reagruparam em Huaraz, no Peru, onde viveram dias difíceis de revolta e tristeza, sem saber do paradeiro de Sandala, uma angústia sem fim. Não passou muito tempo até que seu pai morresse, corroído pela depressão, e Beta jurou que ia voltar a Aruoca para descobrir o destino de Sandala.

– Agora você descobriu. Mas, se Orvalina não está morta, isso é mal para você. Quando ela souber de sua traição, irá persegui-lo até o fim de seus dias.

– Eu vou ser rico também e poderei me defender. Vou levar Sandala e vender aos chineses. Chico, pega a defunta e leva para o carro – mandou, apontando com a arma.

Raydan pegou o corpo. Estranhamente, não estava enrijecido, era maleável e levemente perfumado, parecia até alguém que dormia.

– A maldição que te acompanhe, ladrão! – praguejou o anão.

Cecim respondeu com uma coronhada em sua cabeça, deixando Bazebas desmontado no chão. Mandou que Chico acomodasse Sandala no porta-malas, o que ele fez com grande respeito.

– Agora entra aí dentro também! – mandou, sojigando com o cano do revólver.

– Junto com a morta?

– Anda logo! Vai! Vai!

Capítulo 13

O ACIDENTE

uando Bazebas abriu os olhos, viu um enorme beiço carnudo coberto de batom vermelho. Não reconheceu o rosto de pronto, mas os olhos, aquele olhar severo, sabia bem de quem eram.

– Dona Orvalina?

– Elianor, o que aconteceu aqui? Onde está Sandala?

– Foi o advogado, ele esteve armado aqui e a levou. Disse que ia vendê-la aos chineses. Estava com outro homem, que parecia agir contra sua vontade.

– Saíram há muito tempo?

– Não sei, estou confuso por causa da cacetada.

– Vamos dar uma busca com o helicóptero, não posso deixar que Sandala seja vendida.

Cecim já havia ouvido o helicóptero chegando à fazenda, por sorte ainda estava na mata e não foi visto. Sentiu-se arrependido de não ter matado o anão. Àquela altura, Elianor já devia ter falado tudo. O jeito, agora, era não seguir o caminho do mapa e se manter, o máximo possível, escondido sob árvores.

Logo escutou o barulho do helicóptero novamente, sobrevoando a mata que, por sua vez, ficava cada vez mais rala. Não demorou para Orvalina divisar o carro e começar a persegui-lo mais e mais de perto, ameaçando com rasantes, levantando terra da estrada e arrancando galhos e folhas, numa tempestade seca.

O advogado então acelerou, tentando fugir, subindo rápido por um morro que a aeronave seria obrigada a contornar; porém, tão rápido quanto subiu, desceu pelo outro lado, pois o carro não encontrou freios e, depois de deslizar no cascalho, capotou num barranco e caiu num caudaloso rio que corria logo abaixo.

Orvalina deu um grito de seu helicóptero dourado, mas nada podia fazer, a não ser acompanhar, agoniada, o carro ser arrastado pela correnteza, até uma cachoeira, de onde despencou, submergindo no breu de uma bacia de águas escuras e profundas.

Capítulo 14

A VEZ DA VASSOURA

ão obstante a declaração de amor de Orvalina, enquanto desatava a corda, Leonardo andarilho, depois de quase ter sido queimado, sumiu sem deixar rastro, junto com a beata Remédios, que, tida como falsa profetisa, era caçada a pau. Orvalina ficou terrivelmente doente com aquilo tudo: iludida pela paixão, enganada por Beta e Cecim, Sandala perdida, sua casa arruinada e a cripta dos Rubião profanada com os ossos do Bate-bife. Teve que pedir guarida a Vicentino, que a restauração da mansão Rubião era coisa de anos e de milhões que ela não pretendia despender.

Nunca a orgulhosa raça dos Rubião fora tão desrespeitada e humilhada no sertão. Jamais seria como antes, o respeito do povo se fora, Orvalina feita de boba pela secretária e pelo advogado. Rubião deixou de ser a santa adorada para virar a bobalhona da paróquia.

– Imagine que pisei no pé do coroinha, domingo, na hora da comunhão, e ele nem me pediu desculpa, de ficar no caminho do meu sapato. O povo daqui perdeu a consideração – chorou no ombro do notário.

Deprimida, entregou-se à goiabada cascão com requeijão moreno, voltando à sua esférica forma original. Fechou a fábrica e decidiu ir curar suas mágoas em Paris, em companhia de Monteiro, finalmente casado, depois de curar a enxaqueca da noiva com uma cápsula especial.

Dias antes de partir para a Europa, Vicentino recebeu uma cartinha de Chico Raydan:

Caro Vicentino,

desculpe sair sem me despedir, mas vendo o caso aí se esclarecer sozinho, com a chegada de sua noiva, que, afinal, não estava morta, e com os esclarecimentos que Elianor certamente ia dar, resolvi retornar, o mais depressa possível, para solucionar outro caso que cruzou meu caminho e ainda não está devidamente esclarecido como o seu. Foi um prazer trabalhar para o senhor.

Abraço,

Chico Raydan

– Ao menos está vivo – disse Monteiro aliviado, pois acreditava que Chico estivesse no carro com Cecim, durante o acidente.

O jatinho desceu na avenida central para buscar Orvalina e o notário. Ele vinha com o último Pincel de Picasso produzido e Orvalina com lágrimas nos olhos. Não houve despedida nenhuma, nem flores ou homenagem. Aruoca deu as costas.

Já havia se espalhado a notícia de que uma fábrica de vassouras havia comprado a indústria Rubião, garantindo o emprego de todos. Queriam aproveitar os pôneis para fazer vassoura de pelo, especial em varrer pisos delicados. O assunto não era outro senão este: os tipos de vassouras que se iam produzir e com que materiais.

Rapidamente, o passado glorioso dos pincéis foi varrido de Aruoca, e a vassoura dominou tudo. O histórico palacete Rubião foi derrubado para dar lugar ao Varejão das Vassouras, uma enorme loja de produtos de limpeza. O quadro de Pablo Picasso foi doado à Câmara Municipal por Vicentino, antes de partir, e leiloado, de modo que, em pouco tempo, o reinado dos pincéis caiu no esquecimento e o nome Rubião nada mais dizia a ninguém. E a nova indústria nem sobrenome tinha, formada por um conjunto de empresas dos estrangeiros. Montada nessa vassoura sem memória, Aruoca prosperou e cresceu, virada na capital internacional da vassoura de pelo.

Capítulo 15

O FUSCA E A CORDILHEIRA

Huaraz era uma cidade empoleirada nos Andes peruanos, com ruas estreitas e roupas coloridas penduradas nas janelas. Chico nem acreditava que conseguira chegar ali com seu fusca velho. Também havia gasto todo o dinheiro que possuía, no trajeto.

– Demorei, mas cheguei! – disse vencedor, admirando os picos nevados ao longe.

Estava nos arredores da cidade. Parou num posto e assuntou sobre os ciganos. Tinham um acampamento a alguns quilômetros da cidade, à margem da estrada. Mas não eram muito amistosos com visitantes, alertou o frentista, que, desconfiado, deixou cair os olhos sobre a mulher deitada no banco de trás do carro.

– *Ella está durmiendo* – disse Chico, tratando de sair logo dali.

O fusca prosseguiu em sua missão. Pouco tempo levou para Raydan avistar, na paisagem árida, as tendas brancas e muitas lhamas pastando em derredor.

Às vezes, ainda vinham *flashes* do acidente em sua cabeça: o barulho do helicóptero, o carro rolando a ribanceira e ele tentando se segurar dentro do porta-malas; depois, a água entrando rápido. Achou que não escapava de morrer afogado. Então, veio a queda da cachoeira, e o impacto forte que abriu o porta-malas se abriu.

Quando deu por si, já estava nadando para escapar do sumidouro, a água girava veloz, rugindo num turbilhão; viu o carro desaparecer tragado. Então, sentiu com as mãos que havia cipós ou raízes negras boiando perto, agarrou-se neles, com toda gana, para salvar sua vida. Foi puxando, puxando, até que, finalmente, conseguiu chegar à margem. Qual sua surpresa ao perceber que as raízes salvadoras não eram raízes, mas sim cabelos: os cabelos de Sandala, que jazia serenamente à beira do rio, com as longas madeixas mergulhadas na água. Chico, então, deitou-se ao seu lado, suspirou aliviado por ter escapado da morte e jurou que iria levá-la de volta aos seus.

Assim que o fusca parou, foi cercado pelos homens do acampamento, todos de arma na mão. Entre eles, um rosto conhecido: Leonardo, o andarilho.

– Ora, você... – disse Chico, surpreso.

– Beta e eu trabalhávamos pelo mesmo propósito. O que você quer aqui? Orvalina te mandou?

– Não. Os Rubião estão acabados, vocês não têm mais nada com que se preocupar. Vim por outra pessoa.

Raydan tirou a mulher do carro. Todos no acampamento ficaram em silêncio. O vento soprou um risco de neve das montanhas e uma brisa regelou as tendas.

– Sandala! – exclamou Leonardo.

Trouxeram um tapete de lã felpudo e um travesseiro. Chico acomodou Sandala, um círculo de gente se formou ao redor, uns chorando, outros rezando. Apareceram três velhos, os irmãos de Sandala que restavam vivos, e um deles disse:

– Seja bem-vinda de volta, querida...

Ao dizer isso, o cigano ajoelhou-se e deu um terno beijo na testa de Sandala, que começou a se desfazer em milhares de pequenas borboletas coloridas, até restarem apenas os ossos alvos.

Diamante bruto
Rosana Rios e Eliana Martins / 184 páginas / 14x21

Bruno reencontra o pai depois de alguns meses para uma viagem de férias, conheceriam a Chapada Diamantina. Embora gostasse da ideia, não estava empolgado, tinha dúvidas sobre como seria estar com o pai depois de tanto tempo, será que "funcionariam" juntos? Rodolfo, de outro lado, aguardava com ansiedade a chegada do filho. A viagem de férias seria possibilidade de retomada depois dos estremecimentos e do longo tempo sem se verem.

Padrão 20
Simone Saueressig / 160 páginas / 14x21

Uma trama composta por leis da Física, aparentemente intocáveis, e para a qual Maria do Céu não dava a menor importância. Afinal de contas, uma brasileira de férias em Genebra, na Suíça, tem muitas coisas para ver e fazer. Preocupar-se com o que quer que mantenha o mundo em sua órbita, os dias passando um após o outro, é a última das coisas em que uma adolescente brasileira pensaria naquele momento.

Céu de um verão proibido
João Pedro Roriz / 224 páginas / 14x21

Bastou um verão para que Alexia se desse conta do fim de sua infância. Acordes de rock and roll explodem em seus ouvidos, seus interesses mudam e as roupas de antigamente já não a atraem mais. Até seus amigos estão diferentes e o clima bucólico e romântico da escola deu lugar a conflitos e paixões. A vida não está fácil: o país vive uma crise econômica, política e social e a família de Alexia a aprisiona em um estado de total alienação intelectual.

NOVELAS JUVENIS DA EDIÇÕES BesouroBox

A menina que perdeu o trem - Os fantasmas de Paranapiacaba
Manuel Filho / 168 páginas / 14x21

Um lugar e seus fantasmas, revelados pelo visor de uma máquina fotográfica. Abel e Fig são dois garotos que, em uma excursão do colégio, vão visitar Paranapiacaba, uma antiga vila ferroviária. Um clic e a aventura começa cheia de mistérios e revelações surpreendentes. A partir daí, os dois amigos viverão uma inesquecível aventura. O leitor, arrastado pelos inacreditáveis acontecimentos, só conseguirá fechar o livro quando o último trem partir ou a bateria acabar.

O Monge Rei e o Camaleão - Duas histórias, uma grande aventura
Christian David / 144 páginas / 14x21

Partindo de Fangot – um reino épico imaginário com castelos, guerreiros, reis e rainhas – e seguindo para um planeta Terra futurista – com viagens espaciais, colônias de terráqueos pelas galáxias, seres alienígenas, mutantes e muita ação –, somos apresentados ao universo de O Monge Rei e O Camaleão. Aliada a belíssimas ilustrações de Marco cena, não há como não se render a essa narrativa heroica e vibrante, a essa "pequena maravilha" criada pelo escritor Christian David.

O filho do açougueiro e outros contos de terror e de fantasia
Christian David / 184 páginas / 14x21

A literatura especulativa, termo associado à ficção científica e à fantasia, explora a existência de "outros mundos" além do mundo real, que é esse em que vivemos, o único que, de fato, conhecemos. O que se observa, no entanto, nessa coletânea de Christian David, é que, embora os cenários sejam por vezes fantasiosos, ou as personagens sejam seres estranhos, seres com superpoderes ou, ainda, criaturas bizarras, as dores reveladas nos contos não são diferentes daquelas que abalam os seres comuns.

Edições BesouroBox
www.besourobox.com.br